SÉRIE LOLAS & AGE 17 - PARTE 5

FICA TUDO BEM

1ª Edição

2021

Direção Editorial: Anastacia Cabo
Gerente Editorial: Solange Arten
Ilustração: Thalissa (Ghostalie)
Preparação de texto: Fernanda C. F de Jesus
Revisão final: Equipe The Gift Box
Arte de Capa e diagramação: Carol Dias

Esta é uma obra de ficção. Nomes, personagens, lugares e acontecimentos descritos são produtos da imaginação da autora. Qualquer semelhança com nomes, datas ou acontecimentos reais é mera coincidência.

Este livro segue as regras da Nova Ortografia da Língua Portuguesa.

CIP-BRASIL. CATALOGAÇÃO NA PUBLICAÇÃO
SINDICATO NACIONAL DOS EDITORES DE LIVROS, RJ
Camila Donis Hartmann - Bibliotecária - CRB-7/6472

D531f

Dias, Carol
Fica tudo bem ; Bomba-relógio / Carol Dias. - 1. ed. - Rio de Janeiro : The Gift Box, 2021.
140 p.

ISBN 978-65-5636-076-8

1. Ficção brasileira. I. Título.

21-70756 CDD: 869.3
CDU: 82-3(81)

Primeiro

Now I'm on the way. Let you know when I'm 'bout a mile away. When I'm outside please don't make me wait. The party's starting when we pull up to the gate. Girl we so late.
Estou a caminho. Aviso quando estiver a mais ou menos um quilômetro e meio. Quando eu estiver do lado de fora, não me faça esperar. A festa está começando quando paramos no portão. Garota, estamos muito atrasadas.
Do it - Chloe & Halle

1º de janeiro de 2018...

Meia garrafa de champanhe certamente poderia deixar uma mulher solta. Mas não era isso que me deixava com a sensação de pernas bambas ou com um sorriso satisfeito nos meus lábios. Claramente tinha mais a ver com as atividades recém-praticadas. Deixei meus dedos brincarem com os cachinhos de mola no cabelo dele. Não poderia dizer que estava apaixonada por este homem, mas havia coisas nele que, definitivamente, mexiam comigo. Era por isso que, mesmo tendo a plena certeza de que não queria namorar agora, eu não conseguia negar toda vez que me beijava.

Milhares de mensagens começaram a chegar no meu celular. Ainda letárgica, estiquei a mão livre para pegá-lo. Eram todas no grupo da banda. Geralmente eu silenciava, mas, por conta da festa da virada, decidi que o melhor seria deixar o toque ativado. Ainda bem que o fiz. Roger queria saber se alguma de nós ainda estava no hotel, porque Ester teve um problema e estava na delegacia. Nenhuma das meninas seguia aqui, a maioria já estava em casa, de pijama. Não era o meu caso, já que me encontrava nua na cama de um dos quartos do hotel onde realizamos nossa festa. Digitei apressadamente uma resposta, avisando que iria buscá-la e pedindo o endereço.

Pulei da cama no minuto seguinte, invadindo o banheiro. Sabia que um banho não expulsaria o álcool do meu sangue, mas certamente me despertaria. Eu estava prestes a ir a uma delegacia, então não podia chegar com cheiro de álcool. Rezava para minhas roupas não terem ficado com odor de champanhe nem nada do tipo. Uma chuveirada rápida, depois voltei para o quarto procurando minha roupa. O homem deitado na cama se manifestou:

— Ei, aonde você pensa que vai? — questionou, com um sorriso preguiçoso nos lábios.

— Minha amiga precisa de ajuda — respondi, abotoando o sutiã e já desenrolando a calcinha.

— Acho que ela vai ter de esperar um pouquinho. — Ergueu-se da cama, vindo em minha direção. — Ainda tenho muito a fazer com você antes de estar pronto para deixá-la ir.

— Desculpa, gato. — Deixei um beijo rápido em seus lábios e afastei-me, vestida e afoita atrás dos meus pertences. — Manas estão à frente dos contatinhos. — Segurando a maçaneta, finalizei: — Aproveite o quarto, já está pago.

Corri para o elevador. Felizmente, não demoraram a vir com meu carro. Não sentia mais o álcool no meu corpo e rezava para a atividade física e o banho terem desaparecido com ele de vez. Tirei isso dos meus pensamentos no minuto em que coloquei a chave na ignição, pois a prioridade era Ester.

Encontrei-a na delegacia, depois de fazer certo escândalo. Os policiais não estavam ajudando! Olhando para trás, dava para notar que me exaltei, mas não deveria. Eu estava lidando com autoridades e, se não queria ser presa ou ter de realizar um teste do bafômetro, não deveria ter surtado.

Mas minha melhor amiga tinha sido levada para uma delegacia, então entrei em pânico.

Minha passagem pelo prédio policial foi breve. Atentei-me ao que importava: encontrar alguém que me levasse até Ester, para retirá-la de lá. Sua expressão corporal denotava todo seu nervosismo: o rosto lívido, as mãos trêmulas, o coração acelerado ao me abraçar.

Mas, felizmente, conseguimos sair rápido. Um policial bonitão nos acompanhou por todo o caminho para fora, e vi a forma como sua presença acalmava Ester. Não fazia ideia do que era aquilo, mas estava feliz porque ela teve alguém que a socorreu e em quem podia confiar.

Dentro do carro, Ester parecia estar em outro mundo. Felizmente, cheguei rápido em casa. Vivia em um condomínio na Barra da Tijuca, muito acima do que estava acostumada na infância, não apenas por não viver mais com meus pais, mas também pelas condições. Antes, vivíamos com o suficiente para sobreviver. Depois das Lolas, meus pais nunca mais precisariam trabalhar, se assim desejassem.

E isso tinha acontecido com quase todas nós. Minha gratidão eterna pelo dia em que fomos colocadas em uma banda.

Na porta da minha casa, vários carros estavam estacionados, exceto na entrada da minha garagem, felizmente. Reconheci todos eles, especialmente o de Roger, era ele quem tinha as chaves da minha casa. Quase tive de arrancar Ester do carro, pois ela parecia não ter noção do que acontecia.

Algo sério tinha acontecido com a minha amiga, e precisaríamos de muita atenção para ajudá-la a passar por isso.

2 de fevereiro de 2018...

Aproveitei os últimos dias de pausa na banda, naquele início de ano, para os meus exames de rotina. Passávamos tanto tempo na estrada que nem sempre conseguíamos nos cuidar como deveríamos.

Meu médico de sempre já tinha recebido todos os exames por e-mail. Geralmente, se eu estivesse na estrada, ele me ligava ou retornava com um "tudo ok" por mensagem. Só que, com tempo livre, apareci por lá para uma visita.

— Ótimo. É bom mesmo que venha — ele disse por telefone, quando perguntei se poderia marcar um horário.

Tentei não me desesperar com a urgência em sua voz. Mas deveria.

— Oi, doutor Túlio — cumprimentei, chegando ao consultório. — Como vai? — Apertei a mão dele, sentando-me em seguida.

— Eu vou bem. E você?

— Bom, acho que a pessoa mais indicada a responder isso é você, já que está com todos os meus exames.

— Tem razão. Paula, você sabe que não sou de enrolar. Fiquei feliz por você ter conseguido vir desta vez, porque há uma coisa nos seus exames.

O silêncio perdurou por alguns minutos. Ok, talvez míseros segundos. É que para mim pareceram horas.

Essa era a exata frase que os médicos diziam antes de anunciar um tumor. Ou câncer. Mas a conversa que tivemos me surpreendeu um pouco mais do que uma sentença como essa:

— Como está o acompanhamento com o seu ginecologista, na questão do endométrio?

— Estou fazendo o tratamento conforme ele sugeriu.

— Ótimo. Preciso que marque uma consulta o mais rápido que puder. Sei da sua agenda cheia, mas o seu exame detectou a presença de HCG. E você sabe o que isso significa.

Tudo girou naquela sala: o ambiente em si, o doutor Túlio, o quadro que havia na parede. Senti minha pressão baixar bem ali, meu corpo ficar gelado. Um zumbido característico surgiu no meu ouvido. Não durou muito tempo, mas nem precisou. Foi o suficiente para o médico ficar preocupado, eu também. Por motivos diferentes, é claro. Meu momento de tontura foi simples e rápido, ainda mais por eu estar em um hospital. Mas o que ele me contou ali, naquela sala, mudaria minha rotina pelos próximos meses.

E, se tudo desse certo, pelo resto da vida.

Bati, apressada, à porta do apartamento. Achei que o porteiro avisaria e ele estaria ali, esperando por mim, mas não. Com os olhos arregalados, um Roger todo amarrotado me recebeu.

— O que houve?

Entrei sem nem mesmo esperar algum tipo de liberação. Depois de sair do hospital, pensei que estava controlada, mas a cada quilômetro que eu ficava mais perto do prédio de Roger, mais ansiosa me sentia.

Se ele não estivesse aqui, não sei o que seria de mim.

— Eu sou uma idiota.

— Às vezes, é mesmo. Por que desta vez?

— Eu engravidei!

Se já estava com os olhos arregalados, agora estava duas vezes mais.

— Calma. Senta e me explica direito. — Fechando a porta atrás de si, ele me guiou para o sofá da sala.

Para fins de descrição, o apartamento de Roger era inteiramente planejado, desde a decoração moderna até a boa iluminação. A janela da sala dava para os prédios da Avenida das Américas, mas da varanda você conseguiria ver, ao longe, a praia do Recreio.

Porém, naquele dia, não consegui perceber nada daquilo. Todas essas informações foram coletadas nas outras muitas vezes em que estive ali. Dessa vez, minha cabeça era uma confusão sem limites.

— Avisei que ia fazer os exames de rotina, lembra? — Não dei tempo para ele responder, antes de prosseguir: — Fui para uma consulta com o doutor Túlio hoje. Ele pediu que eu fosse lá, porque tinha visto algo nos exames. Eu estava preocupada, mas não imaginava, de jeito nenhum, o que seria. Pelo amor de Deus, Roger! Eu não posso engravidar. O médico disse que isso era impossível nas minhas condições. Que apenas uma cirurgia resolveria meus problemas, se eu quisesse usar meus óvulos. Está tudo errado, Roger. Tudo errado!

Passos que não eram meus nem dele roubaram minha atenção. Olhei para o corredor, de onde o som vinha, encontrando uma mulher. Usava um pijama de cetim verde, com shorts e blusa de alça, junto a um roupão, que vinha amarrando. Eu já a havia visto, mas não conseguia recordar de onde.

— Desculpem incomodar, não vou ficar aqui. — Aproximou-se de nós com sua voz sempre suave, segurando-o pelos ombros. — G, quer que eu prepare alguma coisa para vocês?

— Você comeu? — ele me perguntou.

— Não vou conseguir ingerir nada agora, Roger.

— Faz duas tapiocas, Li? A dela de frango. Mas deixa lá no micro-ondas, que não vamos comer agora.

— Claro. Se precisarem de mim, chamem.

Ele deu um selinho nela, que logo se afastou. Só então reparei no homem à minha frente.

Roger era responsável por nós, cuidava da nossa banda. Deveríamos ter uma relação de trabalho, só que não era assim que me sentia a seu respeito.

Longe da minha família, era a Roger que eu recorria. Sempre. Nossa relação era mais do que amizade, era fraterna. E eu era muito grata por tê-lo.

Das cinco Lolas, eu era a única a frequentar a casa dele. Por mais fechado que ele fosse, eu tinha conseguido penetrar a espessa camada de profissionalismo do homem. Não me falava muito sobre a vida, mas eu conseguia arrancar uma informação aqui e outra ali.

— A Li… — comecei, sem saber como perguntar.

— Sim, está ficando sério. Sim, eu ia te contar, apresentar a você. Só preciso de um tempo. Mas foca no que é importante, Paula. A gravidez.

— Ok. Uma coisa por vez, porque esse seu relacionamento também é importante. Mas, sim. O ginecologista disse que eu não poderia engravidar com facilidade, por causa da endometriose, mas agora o meu médico disse que o exame de sangue tinha o HCG, que é o hormônio lá que eles usam para saber da gravidez. Como isso pôde acontecer?

— Você fez sexo sem camisinha?

— Não, não que eu me lembre.

— Nenhuma camisinha estourou nem nada do tipo?

— Eu não sei. Deixo para o homem cuidar disso.

— O que você não deveria fazer, Paula. É importante se preocupar com essas coisas.

— Não brigue comigo, eu me preocupo em usar todas as vezes. Eu só não fiscalizo enquanto ele tira e joga no lixo.

— Só estou perguntando porque quero entender se é possível que o exame esteja errado.

— Eu acho que não, Roger. — Involuntariamente, minha mão foi parar no meu estômago. — Lá no fundo, eu sinto que realmente aconteceu. Realmente estou grávida.

— Paula… — Suspirou e passou os polegares debaixo dos meus olhos. Eu nem tinha reparado que estava chorando. — O que você está sentindo? De verdade?

— Tô nervosa. Acho que você consegue perceber. Tô surtando. Mas acho que estou feliz, Roger. O momento é péssimo, porém… — As palavras me faltam. — Você entende, não entende?

Ele me puxou para dentro dos braços, acolhendo-me.

— Eu entendo, Paulinha. Você não está sozinha nessa. Vai ficar tudo bem.

Segundo

Change, change your life, take it all. We're gonna stick together, know we'll get through it all.
Mude, mude sua vida, assuma o controle. Vamos juntos nessa, você sabe que passaremos por isso.
Change your life - Little Mix

3 de fevereiro de 2018...

A batida na porta do carro teve efeito direto no meu peito. Fiquei sentada por alguns minutos, a cabeça apoiada no volante, pensando em tudo o que acabou de acontecer. Como se minha vida não tivesse sofrido um giro de 180° graus nos últimos dias, a situação começou a ficar ainda mais complicada.

Eu tinha certo receio de a banda não aprovar a ideia, achar que não era o momento. Estava preparada para trazer argumentos sobre por que aquela gravidez era importante e *precisava* acontecer naquele momento, mas não esperava a reação adversa de Raíssa. Agora teria que aprender a lidar com ela.

Sentei e fiz as contas. Minha vida sexual era ótima, mas eu tinha padrões. Pelo que o médico disse, minha cabeça saltou para a data mais óbvia: a noite de Ano-Novo, ou algo próximo. O que me pareceu bem plausível, porque naquela noite saí tão apressada do hotel que não lembrava se algo aconteceu.

Mas era hora de encarar as coisas como a mulher adulta que eu sou, então liguei para o *boy* daquela noite e marquei de nos encontrarmos hoje, após a reunião da banda. Iria até a casa dele, porque não queria fazer aquilo em público.

Controlei o nervosismo, os sentimentos estranhos que aquela reunião despertou, e liguei o carro. Era preciso compartimentalizar. Ficar focada no que viria em seguida.

O *boy* morava na Tijuca, então precisei pegar a tenebrosa estrada do Alto da Boa Vista para chegar à casa dele. Aproveitei todo o caminho para respirar, relaxar, voltar à minha normalidade.

Sem camisa, ele me recebeu à porta com um sorriso. Eu não tinha dito sobre o que queria falar. A tentação de pular em cima daquele corpo era grande, mas não poderia me desfocar do objetivo.

— Quer beber alguma coisa? Banheiro? — Após minha negativa, ele completou: — Tá tudo bem? Você estava bem misteriosa na mensagem.

Sua dúvida se devia, em grande parte, ao fato de a gente não se falar há umas duas semanas. Conflito de agendas, né. Aí, de uma hora para outra eu liguei, pedindo para encontrá-lo no dia seguinte.

— Desculpa, é que a gente precisa conversar. E essa é daquelas conversas que ficantes casuais nunca querem ter.

Ele me olhou assustado. Naquela hora, eu não precisava ter dito nada. Ele sabia. Fingiu que não, mas sabia.

— Ok, vamos nos sentar.

Fomos até o sofá. O mesmo, mas um em cada ponta, virados de frente.

— Quer me contar o que aconteceu depois que saí do hotel no Ano-Novo?

— Não sei do que você está falando.

— Eu tô grávida. 90% de chance de você ser o pai. Lembro que você colocou a camisinha. Só quero saber se algo aconteceu.

— Você está louca, esse filho não é meu.

Ah, os homens. Por que têm que ser tão energúmenos?

— Não me chame de louca. Não chame nenhuma mulher de louca. Esse é um recurso que a maioria dos machistas de merda usa para diminuir uma mulher. Eu sei o que está acontecendo. Se esse filho não é seu, tenho certeza de que não vai se importar de escrever isso em um contrato.

— Como tem certeza de que o filho é meu?

Bufando, frustrada, olhei bem na cara dele, para que entendesse que o assunto era sério e eu não estava brincando.

— Tenho plena consciência de quem me viu nua e quando isso rolou. Pelas contas do médico, o bebê veio nas duas semanas em que nos vimos quatro vezes. Mas a gente pode fazer um teste de paternidade e resolver.

— É só… Isso é chocante. Eu não quero isso, Paula. Não tô pronto para ser pai. Minha carreira vai muito bem, e eu só queria transar sem me envolver.

Engolindo tudo o que estava na ponta da língua, fiquei de pé e tirei uma pasta de dentro da minha bolsa.

— Então foi bom eu ter preparado a papelada.

— Papelada de quê?

— Esta criança vai nascer. E se você acha que ela não é sua, tenho certeza de que não vai se importar de deixar isso por escrito para mim. — Coloquei a pasta sobre a mesa e dei dois toquinhos nela com o dedo. — Avise quando tiver assinado. Alguém vem buscar.

Afastei-me, caminhando para a porta.

— Você veio sabendo o que ia acontecer? — questionou, antes que eu desse cinco passos.

— Você é fotógrafo de celebridades, sabe como a minha vida é. Estou preparada para todas as situações.

— Se eu assinar isso aqui sem ler, vou me dar mal?

Respirei fundo, meio sem paciência. Homem gosta de tudo muito mastigado. Não quer ter trabalho de ler, consultar um advogado, pesquisar.

Como ele simplesmente assinar seria muito mais fácil para mim, optei por responder:

— Não é um contrato para foder você, mas foi feito para proteger a mim e o bebê. Leia e encontre uma testemunha para assinar.

Dessa vez, quando dei as costas, ele me deixou sair.

Sentindo-me esgotada por mais uma conversa frustrante, caminhei pelo estacionamento, digitando uma mensagem para Luiza. Era sábado, ela estava solteira, então acreditei que estaria com tempo livre. Rapidamente sua resposta chegou, e combinamos de nos encontrar no cinema.

— Que filme você quer ver? — perguntou, após me abraçar. — Eu tenho meus favoritos, mas vou te dar essa moral, já que faz seis anos que você não vai ao cinema.

Luiza estava exagerando, mas fazia mesmo muito tempo.

— Maze Runner.

Com os bilhetes comprados, fomos para a sala VIP. Era a única maneira que eu tinha de frequentar um cinema lotado.

— Olha, cada semana que passa parece que a vida encontra uma nova forma de me foder. Eu odeio isso. Só queria umas férias de ser eu mesma – disse Luiza.

— Amiga, suas aulas não voltaram ainda. Esse é o momento perfeito para você aproveitar que está solteira, depois de mais de mil anos, e sair para festejar.

— Não sei o que fazer. Depois de ter transado com seu produtor favorito, na noite em que encontrei meu noivo com outra, achei que seria fácil seguir em frente, mas só consigo me sentir confusa e insegura.

— Entendo totalmente o que você está sentindo. Mas pelo menos sua foda de Ano-Novo não deixou um presente para daqui a nove meses.

Seus olhos se arregalaram absurdamente.

— Essa é a novidade urgente que você tinha para me contar? — perguntou, e eu assenti. — Amiga, como foi que isso aconteceu?

— Eu não sei. O babaca com quem eu estava transando disse que não é o pai e que não tem interesse em ser.

— E o que você vai fazer? Isso vai ser péssimo para a sua carreira.

Encarei Luiza, que parecia nervosa e agitada, como se fosse ela que estivesse prestes a ser mãe.

— "Isso" é um bebê, o meu bebê.

— Que está totalmente fora dos planos no momento. Você sempre me disse que sua prioridade era ter uma carreira.

Sim, eu dizia isso para todo mundo. Até para mim mesma. Afinal, a possibilidade de ter filhos gerados no meu ventre era longínqua, até dia desses.

— Só que agora a criança está se formando aqui dentro. Ela não pediu por isso, quem decidiu transar fui eu. E já que está aqui, vou me esforçar para vê-la nascer. Incluí-la nos planos.

— Se é isso que você quer, então é o que deve fazer. Sabe que existem opções e que mulher nenhuma é obrigada a nada.

— Pela lei do nosso país, eu sou, sim. Mas não vou militar pelo aborto nesse caso, Lu, porque eu quero continuar a gravidez.

— Tudo bem, mas precisamos entrar para ver o filme, ou vamos perder o início. Conversamos mais na saída.

Não retornamos ao assunto. Na saída, uma mensagem do embuste avisava que o contrato estava assinado. Pedi que deixasse na portaria e passei por lá com Luiza. Depois, levei-a até sua casa. Ao chegar à minha, abri a pasta com o contrato. Havia um bilhete lá dentro.

Você está certa, esse é o melhor. Vou usar o dinheiro para investir na minha carreira. Eu seria um pai horrível, um marido pior ainda. Por outro lado, você é a melhor cuidadora que já conheci. Essa criança tem sorte de tê-la como mãe.

Uma noite, nessas duas semanas que ficamos, joguei uma camisinha vazia fora. Eu estava bêbado e achei que tinha feito alguma merda na hora de descartar, não me preocupei. Agora fez sentido. Sinto muito.

Não vou dar trabalho. O bebê é seu. Parabéns, mamãe.

Mergulhei o corpo na banheira. Diferentemente de quando falei com Roger, não me senti apoiada, nem por Luiza nem pelo dito cujo (nunca o chamaria de pai). Era horrível. Várias pessoas sabiam da minha gravidez agora, mas eu me sentia sozinha de uma forma que nunca me senti na vida.

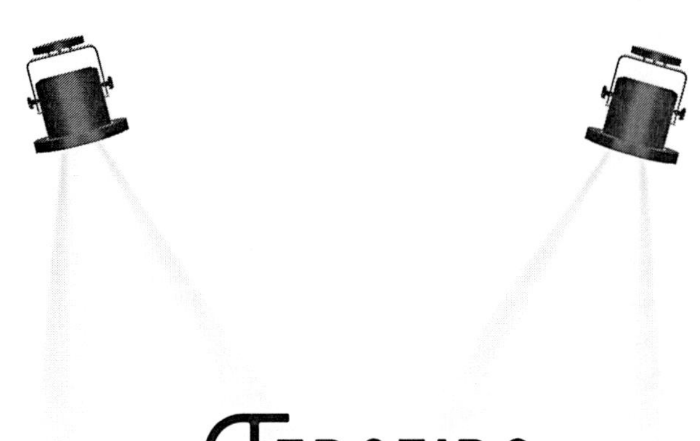

Terceiro

I'm ready, I'm ready, I'm ready, I'm ready for someone to love me.
Estou pronto, estou pronto, estou pronto, estou pronto para alguém que me ame.
I'm ready - Sam Smith feat. Demi Lovato

11 de maio de 2018...

A gravidez estava levando o melhor e o pior de mim. Levava o melhor quando tirava minhas habilidades de dança, quando me deixava atrapalhada. Levava o pior de mim quando tirava meu ego e me deixava mais compreensiva.

Fazer um show de uma hora e meia, com vocais complexos e coreografias, não era nada fácil no auge da minha forma física. Ganhando o peso de um bebê, então...

Por sorte, após consultar meu ginecologista, doutor Fábio, ele me informou que eu não precisava me preocupar tanto com a endometriose. A maior dificuldade da doença era permitir a fecundação do óvulo. Por conta das tubas uterinas, que ficavam "entupidas", sabe? Mas, uma vez que isso aconteceu, a gravidez deveria ocorrer de forma natural. Coloquei como meta, então, não fazer nada que colocasse em risco o bebê, já que essa poderia ser minha única chance de ser mãe.

Quanto às Lolas, minha missão era dar sempre o meu melhor, apesar do que estivesse sentindo no dia. Poderia ser um enjoo, dores... Às vezes, eu conseguia; outras vezes, não.

Aquela noite em Goiânia poderia resumir muito bem como minha vida estava sendo. Como os últimos seis meses haviam sido. Desde o momento em que acordei, senti-me estranha. Estávamos ali para um festival, mas o que antecedeu aquele show envolvia um homem que agrediu Bianca — uma das integrantes das Lolas — e mais uma briga com Raíssa.

Passamos o som, almoçamos próximo ao evento e ensaiamos tudo em um espaço reservado para nós, já que essa era uma versão diferente do setlist da nossa turnê.

Mas foi ver Finnick Mitchell que me tirou do eixo. O impacto que sempre senti ao vê-lo pela tevê ou internet não fez jus à realidade.

No início da noite, enquanto fazíamos o aquecimento vocal, eles entraram silenciosamente no camarim. A Age 17 era uma das atrações do festival, os *headliners*. Eles tinham gravado uma música em parceria com a Raíssa e, não fosse todo o drama que ela nos causou nos últimos meses, com essa história de carreira solo, eu teria ficado feliz por ela. Uma parceria internacional com uma banda talentosa e conhecida, como a dos rapazes, era o máximo para qualquer uma de nós. Eu não tinha ciúmes dela e aceitaria perfeitamente se soubesse que foi uma coisa pontual. Mas ela tinha começado tudo aquilo pelas nossas costas, apontando o dedo em nossa cara.

Só vimos os rapazes quando terminamos a música e eles nos aplaudiram. Enquanto cumprimentávamos uns aos outros, meu olhar deslizou para os cinco. A presença firme, os cheiros, os sotaques. Mas foi Finnick quem prendeu minha atenção. A encarada, o sorriso safado, os cabelos caindo no olho, a postura despreocupada, a camisa com três botões abertos... Quase perdi meu inglês ao falar com ele.

— Oi, eu sou o Finn. — Estendeu a mão.

— Eu sou a Paula.

Seus lábios tocaram o dorso da minha mão, e ele me encarou ainda mais intensamente. Finnick não tinha feito aquilo com nenhuma das outras garotas da banda, então aceitei que era um tipo de flerte, galanteio.

Sustentei o olhar dele sem me intimidar, mesmo que por dentro eu já estivesse derretida.

Não que fosse dar em alguma coisa. Grávida como estava, eu não tinha pretensão de ficar com ninguém. Ainda mais um cantor de *boyband* internacional.

O momento passou e, depois de algumas fotos, a Age 17 deixou o camarim com uma torta de climão em nosso colo. Não por culpa deles, é claro, mas porque Tuco, o assistente da Raíssa, decidiu que era uma boa ideia que todas nós assistíssemos enquanto ela era fotografada com os rapazes, para promover a música em parceria e sua aparição no show.

Noção não tem, né?

Afastei-me das outras, começando minha própria concentração. Lembrei-me de tomar as vitaminas e, assim que terminei, fomos chamadas para o palco.

Era preciso caminhar um pouco até o local onde nos apresentaríamos. Roger andou ao meu lado, e entrelacei meu braço no dele por segurança. Não que me sentisse mal, mas também não me sentia bem. Por algum motivo, meu corpo não estava no seu melhor. Era algo óbvio, já que ele estava preocupado demais em gerar uma vida, mas era preocupante, uma vez que cantar e dançar com as Lolas exigia tudo de nós.

Apresentamos o show. Apesar dos pesares, sobrevivemos. Mas, quando a adrenalina abaixou e o corpo esfriou, a tontura me pegou. Caí de uma escada, do penúltimo degrau.

O médico que me atendeu pediu uma porção gigantesca de exames. Fiquei infinitamente grata a ele, porque eu não poderia perder aquele bebê.

Quando descobri que tinha endometriose, o doutor Fábio foi bem específico quanto à possibilidade de eu ter filhos, todas as implicações e dificuldades que eu enfrentaria.

O momento da minha vida me fez colocar uma pedra em cima dessa situação. Eu era jovem e solteira, não tinha planos de construir família agora. Minha carreira, minha música, era isso que importava. A indústria era cruel com as mulheres. A cada ano que passava, uma artista mais jovem e mais bonita surgia. Se a gente não se cuidar, torna-se descartável. Eu queria dar o meu máximo enquanto o mercado ainda se importava comigo.

Enquanto eu era vendável.

Mas eu queria ser mãe algum dia. Queria ter minha própria família. Só não via aquela como a minha realidade no momento.

Acordar uma mulher grávida, porém, mudou muito a minha percepção. Sabendo de todo o tratamento que eu teria que enfrentar para colocar uma criança no meu ventre, nunca que eu faria algo para perder aquela que chegou de maneira milagrosa.

Independentemente de pai ausente.

Independentemente de colega de banda insensível.

Independentemente de amigas que dão as costas.

Independentemente de crise no trabalho.

Independentemente de pressão da mídia.

Minha prioridade era aquela criança, o meu bebê. E os outros que lutassem. Quando o médico me encheu de exames para se certificar de que estava tudo bem, eu apenas assenti. Se o melhor era isso, que seja feito.

— Paula, tudo bem? — chamou Leila, minha assistente. — Preciso falar com você um minuto.

— Entre, Leila.

Fechando a porta atrás de si, ela veio.

— Os médicos vão mantê-la aqui por mais algumas horas. Querem fazer um ultrassom para ver o bebê. Vieram nos avisar agora.

— Sem problemas.

— Na verdade, temos um, sim. Parece que outro artista foi trazido para cá, e todas as entradas do hospital estão lotadas de jornalistas.

— Ai, droga. Sabe quem é?

— Finnick Mitchel, da Age 17.

Eita, caralho.

— O que aconteceu? Ele está bem? — questionei, preocupada com sua integridade física e com aquele sorriso bonito.

— Parece que sim. A assessoria dele disse que ele já está livre para ir embora, mas queria passar aqui e te ver. O que acha?

— Tudo bem, pode deixar entrar.

Achei que levaria um tempo, mas ela caminhou até a porta e fez sinal para que ele entrasse.

Finn caminhou lentamente até a parede em frente à minha cama, onde ficava um móvel com uma tevê, e recostou-se. Toda sua beleza de 1,70m foi esfregada na minha cara.

— Se precisar de mim, é só chamar — disse Leila, e fechou a porta.

— Oi — saudou Finn, em inglês, quando ficamos sozinhos. — Como você está?

— Oi. Vou ficar bem, obrigada pela preocupação. Ouvi que você teve problemas também.

Rindo, ele assentiu. Tirou a jaqueta, mostrando o ombro enfaixado.

— Foi um acidente idiota, estava brincando com um colega da banda. Ele me carregava em cima de uma das caixas de equipamento de som, mas a rodinha quebrou em um dos paralelepípedos da calçada, e o negócio virou no chão. Eu estava de pé, caí feito uma banana podre e feri o ombro, mas estou bem. Minha maior preocupação é descobrir como sair daqui sem que todo mundo veja isso.

Olhei para o seu ombro escondido pela jaqueta, tentando não me perder em seu porte.

— Eu entendo. As especulações são a pior parte.

— A equipe que contrataram para nossa logística aqui no Brasil é péssima. Tudo vaza.

Fiz uma careta, porque já tinha visto isso de perto. Os primeiros anos da nossa carreira foram assim.

— Posso indicar alguém, caso decidam retornar.

Sorrindo, ele assentiu.

— Tenho planos de vir outras vezes e adoraria alguma discrição. Mas, olha, não é sobre isso que eu vim falar. Ok, é e não é. Queria pedir desculpas por ter trazido o caos até você. E saber como está o bebê.

— Alguns resultados dos exames ainda estão saindo, mas parece que querem fazer um ultrassom. Foi uma queda simples, só quero me certificar de que o bebê está bem.

— Entendo. — Ele abriu um sorriso sutil. — É uma coisinha preciosa.

— Você não faz ideia.

Um silêncio se formou enquanto trocávamos olhares. Em outra situação, eu seduziria esse *boy* e estaria enrolada em lençóis com ele antes de amanhecer. Era nítido que nós dois queríamos.

Mas estava mais do que claro que não era esse tipo de situação em que eu me encontrava.

— Não vou mais incomodar. Você deve querer descan…

— Tive uma ideia. Se você puder sair, sei como esconder da imprensa que você se machucou.

— Estou ouvindo.

— Com licença. — Na porta, o médico que estava me atendendo pediu passagem, com o aparelho de ultrassom a tiracolo.

Só então ele notou Finn, agora sentado na cadeira ao lado da minha cama. Tínhamos um acordo e, depois de acertarmos os detalhes, ficamos ali trocando uma ideia sobre música.

— Doutor, lembrei que tenho ultrassom marcado, mas se o senhor achar necessário…

— Eu gostaria, para nos tranquilizar de vez. — O médico não me encarava, montando a aparelhagem ao meu lado. Fiquei pensando se ter dois artistas em seu plantão o teria deixado cauteloso. — Assim que terminarmos, você está liberada.

— Acha possível descobrirmos o sexo?

— Pelo tempo da gestação, creio que sim — revelou, com um pequeno sorriso.

Virei-me para Finn. A conversa foi em português, então ele ficou sem entender.

— O médico vai fazer um exame, e pode ser que eu saiba se vou ter um menino ou uma menina.

— Posso sair, se quiser.

Pensei a respeito por dois segundos.

— Na verdade, queria saber se você pode ficar, já que meus amigos não estão comigo aqui.

Ele deslizou a mão pela cama, até encontrar a minha e entrelaçar nossos dedos.

— Seria uma honra.

Nunca imaginei que estaria de mãos dadas com Finnick Mitchel em um dia tão especial quanto aquele. Nunca nem tinha imaginado que realmente viveria aquele momento. Eu queria, mas dificilmente confiava. Havia mais contras do que prós naquela situação.

Mas lá estávamos nós. E a participação dele foi fundamental.

O médico primeiro conferiu que tudo estava bem com o bebê e que não havia passado de um grande susto. Teve o cuidado de fazer os comentários em inglês, para que Finn participasse. Depois de tudo, com cuidado, viu o sexo. Ao apontar algo que não compreendi, informou:

— Parece que você vai ser mãe de uma menina.

Meu olhar se desviou para Finn, que, com os olhos úmidos, apertou de leve a minha mão. Lágrimas rapidamente nublaram minha visão. Uma garotinha.

Na mesma hora, um nome surgiu na mente. Sabia exatamente como a chamaria.

Mesmo em meio a toda a emoção, tenho certeza de que vi Finn secar uma lágrima.

Nota oficial para veículos de imprensa

Os cantores Finnick Mitchel e Paula Freitas informam que estiveram juntos em um hospital de Goiânia, após show realizado em festival no dia 11 de maio, em decorrência de mal-estar sentido pela cantora, atualmente grávida. Finnick esteve lá para demonstrar apoio a uma amiga. Paula encontra-se bem, assim como o bebê, e pede aos veículos de imprensa que respeitem este momento. Não será necessário reagendamento de nenhum show.

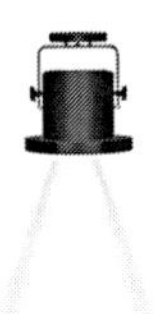

@portal_das_fofocas
Cheiro de romance no ar? Finn, da Age 17, e Paula, das Lolas, foram vistos saindo juntinhos de hospital em Goiânia, após show em festival. Assessorias divulgam nota de que ele foi visitá-la como "amigo". Deslize para o lado para ver as fotos.

Quarto

Right now, I'm in a state of mind I wanna be in, like, all the time.
Ain't got no tears left to cry, so I'm pickin' it up.
Neste momento, estou em um estado de espírito em que eu quero estar, tipo, o tempo todo. Não tenho mais lágrimas para derramar, então eu estou me levantando.
No tears left to cry - Ariana Grande

23 de agosto de 2018...

— Finn, isso só vai desgastar você, não inventa moda.

Quem diria que este seria o ano que mudaria minha vida de ponta-cabeça. Lembro-me bem de ter pedido, na festa da virada, que coisas boas surgissem em meu caminho, que o ano fosse frutífero e que minha vida amorosa andasse. Mas não esperava chegar no fim de agosto grávida, com minha banda prestes a se desfazer, e com uma queda estratosférica por um homem que vivia viajando tanto quanto eu, mas mantinha sua base em um país do outro lado do Atlântico.

Como começar a explicar Finn Mitchel?

No dia depois de termos saído juntos do hospital, enquanto um mal-estar que tive encobriu o acidente que ele teve, o cantor me ligou. Pediu desculpas pelo fato de termos aparecido em todos os sites de fofoca do Brasil e vários do Reino Unido, onde ele morava. A mídia se interessava muito pelo *status* de relacionamento dos integrantes da Age 17, e isso tinha respingado em mim. De nada adiantou a nota que nossas assessorias de imprensa divulgaram, pois as pessoas acreditaram no que queriam. E ele veio se desculpar por qualquer transtorno que tivesse causado a mim, mais uma vez. Não reclamei nem questionei, apenas agradeci a preocupação e mudei de assunto. Começamos a falar sobre várias coisas. Quando vi, estávamos no telefone há uma hora.

Horas depois, ele me mandou uma foto de um pastel enorme, que estava prestes a comer. Quando perguntei qual era o sabor, ele mandou outra foto, agora com o pastel mordido, mostrando o recheio. Junto, o texto era:

"*delicious flavour*", que pode ser lido em português como "sabor delicioso".

Mais tarde, à noite, enviou uma foto com uma latinha de Guaraná Antártica na mão. Briguei com ele, pois estava me deixando com vontade de comer e beber todas aquelas coisas. Recebi uma ligação sua em seguida, desculpando-se por brincar com esse tipo de coisa e torcendo para que eu não sentisse desejo de nada daquilo. Não queria fazer mal à minha pequena Lola.

Meu coração se derreteu com aquilo, pois era uma declaração muito fofa. Sim, tínhamos experimentado aquele momento da ultrassonografia juntos. E, sim, o fato de ser uma menina fazia dela uma pequena Lola, a mais nova integrante daquela banda. O medo era apenas se, até o fim da gravidez, haveria uma banda para que ela fizesse parte.

No dia seguinte era Dia das Mães. Tivemos um almoço com as nossas ditas e, à tarde, recebi outra mensagem de texto dele: informava o fato de, por ainda estar em terras brasileiras, ter descoberto a data. Na Inglaterra, de onde ele era, a festividade se comemorava em março. Desejou-me um ótimo dia, dizendo que sabia que eu seria uma ótima progenitora. E usou essa palavra.

Queria ter a mesma confiança que ele.

Nas semanas seguintes, conversávamos todos os dias. Às vezes, uma curta troca de mensagens; outras vezes, longas videochamadas. Bastava vermos algo que lembrasse um do outro, que compartilhávamos. Até que passamos para o próximo passo.

Os conselhos.

Ele me perguntava desde dicas de roupas, passando por músicas, até coisas da vida. Era assim comigo também. Acho que o que mais nos deixava à vontade para conversar um com o outro era que nos entendíamos. Vivemos experiências similares. Nós dois começamos muito jovens, tivemos nossa vida alterada pela fama, e enfrentamos as perseguições da mídia. Tínhamos fãs insaciáveis, famílias que negligenciávamos, muitas vezes, e colegas de banda com quem lidar. Foi ele quem me aconselhou a não brigar mais com as meninas. Claro, nem sempre era possível, mas eu dava o meu máximo. Entendi que era um momento ruim para todas e que ficar na minha era a melhor coisa. Ajudava o fato de ele responder minhas mensagens quase que imediatamente, sem importar o lugar do mundo em que estivesse.

Com isso, estávamos em agosto, sete meses de gravidez, e uma discussão sobre a vontade inexplicável de Finn vir para o chá de bebê. Adoraria recebê-lo, meu coração deu alguns saltos confusos ao pensar nessa situação, mas a agenda de shows deles estava extremamente corrida, e ele ficaria menos de 24 horas em solo carioca antes de partir para a Europa novamente. Tudo isso depois de um voo de 11 horas.

— Eu não ligo se vai ser desgastante, Paula. Quero vê-la. Vai valer a pena.

— Não, deixa isso de lado. Venha quando tiver mais tempo livre.

— Com as nossas agendas, fica difícil organizar. Você sabe disso. Seu chá de bebê parece uma excelente oportunidade.

— Mas a minha agenda acabou de ficar fácil. Os compromissos da banda acabaram, então vou ficar em casa, com os pés para cima, até o nascimento desta criança. Até depois disso, na verdade. Eu nem sei se essa banda vai voltar em algum momento. Do jeito que terminamos… Acho que a qualquer momento vamos soltar uma "nota de separação".

— Você é impossível, sabia? — respondeu, soando frustrado.

Rindo, devolvi:

— Venha para o nascimento da bebê. Veja se consegue organizar uma data e venha. Mas fique por mais de 24h, porqu…

— Um minuto, Paula. — Ele começou a falar com alguém do outro lado da linha. Ouvi a respiração forte antes de Finn voltar a falar. — Tenho que ir. Vou ver essa coisa da agenda. Ligo mais tarde.

Terminei a ligação, retornando para a tarefa que tinha iniciado antes de começarmos a conversar: convites para o chá de bebê. Criar a lista tinha sido complicado. Quem eu convidaria? Minha família, alguns amigos, minha equipe. As Lolas? Se sim, todas elas? Raíssa viria? Luiza, minha melhor amiga, com quem eu não falo direito há tempos, viria? Sei que Finn queria pegar um voo para cá, mas não poderia pedir isso a ele. Não com datas tão apertadas. Tantas horas de viagem. Voos poderiam atrasar, ser cancelados. E eu não queria ser a responsável por algum problema na banda dele.

Larguei os convites onde estavam e fui para o banheiro, apertada para fazer xixi. Logo que desci a calcinha, vi algo que me assustou além da conta. Gotas de sangue a manchavam, como o início de uma menstruação. Tentei não surtar, mas liguei para o meu médico na mesma hora. Doutor Fábio, ao ouvir o que tinha acontecido, pediu que eu fosse vê-lo imediatamente. Peguei a bolsa, chamei um carro e fui.

Mandei uma mensagem para Roger, dizendo o que estava acontecendo. Ele disse que não poderia ir comigo, mas que Li viria ao meu encontro.

A namorada de Roger tornou-se um relacionamento sério. Por incrível que pareça, não havia ninguém que se encaixasse mais com ele do que Alícia. Ela era uma mulher simples, direta e bem-resolvida em tudo. Seu trabalho era muito flexível, o que fez com que estivesse ao meu lado em vários momentos desta gravidez, a pedido dele. Eu tinha uma gratidão enorme aos dois, e uma amizade crescente com ela.

Fiquei ainda mais grata por ter alguém ao meu lado naquele dia. Depois dos exames, as palavras do médico foram difíceis de digerir, e não sei se conseguiria sem ter a mão dela segurando a minha.

— Você teve um descolamento prematuro da placenta. Acontece com algumas mulheres a partir do oitavo mês, e pode ter muitos agravantes, como o uso de drogas ou idade avançada, mas no seu caso acredito que tenha a ver com sua pressão e aquela queda de meses atrás. O importante agora é como vamos lidar com tudo isso. Preciso que faça repouso absoluto nos próximos meses. *Absoluto*, Paula.

Toda vez que um médico me pedia repouso absoluto, eu imaginava a mim mesma deitada na cama até o final da gravidez, sem me mover para nada, sendo alimentada pela minha mãe por meio de aviõezinhos.

Horas mais tarde, quando Li me deixou sozinha e foi comer algo, liguei para Finn. De todas as pessoas que eu conhecia, era com ele que eu queria falar, e isso dizia muito sobre a nossa relação nos últimos meses.

— Ei, gata. Tudo bem? — Pude ouvir o tom de riso na sua voz, uma postura despreocupada. Odiava ser a responsável por deixá-lo nervoso.

— Você está ocupado?

— Não para você. Esses quatro babacas na minha frente podem esperar.

— Eu estou no hospital, Finn. Aconteceu uma coisa que não sei dizer em inglês.

— Paula, o que houve? Você está bem, a pequena Lola está bem? — Ouvi o arrastar de uma cadeira.

— Ela está viva, mas o médico disse que foi por pouco. Preciso ficar em repouso absoluto daqui para frente.

— Porra, Paula. Eu não acredito. O que pode ter causado?

— Ele falou que pode ser pressão alta, ou aquela queda que me levou ao hospital quando nos conhecemos.

— E isso só aconteceu agora? Não... Tem alguma coisa errada. O que eu posso fazer para ajudar? Quer que eu vá aí? Vou demorar, mas pego o próximo voo e...

— Finn, não... Esqueça. Conversamos sobre isso mais cedo.

— Eu não ligo para a porra da agenda, Paula. — Seu tom ficou alguns decibéis mais alto, e ele parecia irritado. Não comigo, mas com a situação. Ouvi sua respiração descompassada antes que ele prosseguisse: — Não quando você claramente precisa da minha ajuda...

— Finn, você não é médico, nem enfermeiro. Você é um cantor. E meu melhor amigo. Não preciso que largue tudo na sua vida agora, só vai me fazer sentir culpada. Preciso que me passe força, que cante para mim. Que fale bobagens ao telefone. Não que pegue um voo de dez horas.

— Eu odeio essa droga de distância, caralho. — E isso era perceptível na revolta que eu ouvia em sua voz. — Queria que a Inglaterra não fosse tão longe do Brasil.

— Eu também, mas não somos placas tectônicas para mover a Terra, então chega de falar disso.

Suspirou. Eu podia entender o que estava sentindo, porque sentia o mesmo. Nossa conexão era algo estranho para duas pessoas que se viram uma única vez.

— Onde você está? No hospital? Terá de ficar aí? Está sozinha?

Expliquei onde estava, que ficaria apenas por algumas horas, e que Li estava comigo. Conversamos mais quinze minutos, até que ela retornou. Finn e eu desviamos o assunto por vários caminhos, nesse meio-tempo. Depois desligamos, com a promessa de que eu retornaria o telefonema quando estivesse em casa.

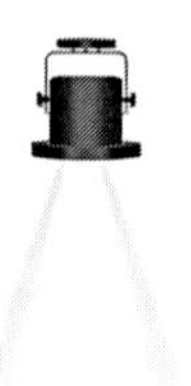

8 de setembro de 2018...

Tudo que eu queria era estar com você hoje. Não se esforce, mas divirta-se. Que dê tudo certo com as meninas. Vai ficar tudo bem. Qualquer coisa, liga.

As mensagens de Finnick me faziam sorrir. Não só quando havia uma piadinha, ou quando estava sendo gentil; sempre. Pensar nele me fazia sorrir. E se eu não estivesse prestes a me tornar a mamãe do ano, teria largado tudo para ir atrás dele. Entraria no seu ônibus de turnê e só sairia depois de matar todas as minhas vontades.

Mas aquela menininha na minha barriga era o que eu tinha de mais importante no momento. Era a minha chance única de realizar o sonho da maternidade.

Não acho que a função da mulher seja essa. Não acho que todas as mulheres tenham o dever de engravidar. A parte do "se reproduzir" não deveria ser um contrato obrigatório para nós. Não acho que o "dom da maternidade" nasça com todas as pessoas do sexo feminino.

Mas nasceu comigo. E partiu meu coração quando o médico disse que meu corpo poderia nunca me permitir realizar esse sonho.

A possibilidade de fazer alguma coisa que ferisse essa gestação acabava comigo, e acabou me podando por meses a fio. Quando parei no hospital, com o sangramento, achei que estava tudo acabado, mas o doutor Fábio me tranquilizou e orientou. No dia seguinte, minha mãe chegou de mala e cuia em casa.

Meus pais viviam uma vida simples em Juiz de Fora. Eles moravam em uma casa tranquila e tinham uma creche por lá. Minha mãe era a diretora, e eu não queria que ela tivesse vindo para o Rio de Janeiro porque sabia o quanto amava suas crianças. Mas ela disse que eu era prioridade e que meu pai poderia cuidar de tudo por lá com os outros funcionários. No último mês, ela cuidou para que eu fizesse o mínimo esforço possível. Na casa enorme onde eu vivia, trabalhavam Gracinha e mais uma diarista (a Lourdes, que vinha três vezes por semana), mas elas não faziam massagens nos meus pés nem pegavam água para eu não ter que descer as escadas. Minha mãe fez isso e muito mais, e eu nem sabia como demonstrar tanta gratidão.

De início, fiquei nervosa com o que fazer a respeito do chá de bebê. Mas minha mãe me garantiu que ajudaria na organização da festa, e o médico disse que se eu fizesse o repouso, estaria bem para participar, desde que também não passasse dos limites.

Três Lolas confirmaram presença: Bianca, Thainá e Ester. Raíssa, é claro, nem se deu ao trabalho, mas eu ainda tinha esperança. Lá no fundo, algo me dizia que essa situação se resolveria. E esse era o outro motivo de eu estar sorrindo naquele dia.

A festa seria realizada em meu jardim, nos fundos da casa. Toda a decoração era rosa e branca, escolhida a dedo por mim, com o apoio de Finnick. Não que ele tivesse feito isso de forma deliberada, mas muitas das minhas decisões a respeito da festa tinham sido tomadas enquanto estávamos juntos ao telefone. E ele sempre tinha uma opinião contundente. A equipe que faria todo o serviço chegou cedo, e minha mãe agia como um sargento, conferindo tudo. De minha parte, sentei-me em uma cadeira confortável no jardim de casa e observei.

Eu amava muito o meu lar. Não passava muito tempo lá e morava sozinha, mas fiz questão de escolher um lugar confortável. Assim, nos poucos dias do mês em que eu estivesse ali, poderia desfrutar de móveis agradáveis, uma piscina convidativa e uma área para receber amigos e familiares.

Fiz diversos vídeos, enviando todos para Finnick, com quem troquei mensagens durante todo o dia. Além de colocar um sorriso no meu rosto, outro dom do dito cujo era me deixar tranquila. Eu me esquecia de muitos problemas enquanto conversava com ele.

Tati, a cabeleireira da banda, veio cuidar de mim junto a Ju, a maquiadora. Eram convidadas do chá, é claro, mas apareceram para salvar minha pele. Nunca fui muito boa com beleza e cuidados pessoais, fazia apenas o básico. Com tudo o que estava acontecendo, Leila, minha assistente, achou que seria bom se elas fossem me mimar um pouco. Eu agradecia muito, porque meu cabelo não via uma boa hidratação desde que a banda parou, e minha pele estava muito mais pálida do que quando nasci.

Nunca cheguei a ser branca como leite, mas a falta de melanina nas células da minha pele era evidente. Isso apenas se agrava no contraste com o tom escuro do meu cabelo, um preto vivo, de fios grossos.

Tati cuidou deles, devolvendo o brilho — que tinha se apagado — e a maciez. Ju cuidou das olheiras e deu cor ao rosto cansado. Ela ainda fez o favor de cuidar das minhas unhas, mesmo não sendo especialista, porque elas precisavam de um mimo.

Tinha terminado de colocar o longo vestido verde quando Gracinha veio me avisar que Luiza estava na entrada do condomínio. Junto a ela estava Davi. Pedi que fosse atender e a levasse até o jardim, onde seria a festa, e fiquei conversando com minha mãe enquanto esperava pelo casal. Ali estava um namoro que eu nunca esperei acontecer. Primeiro, porque o relacionamento da minha amiga com Rubens era longo, estável. A gente não conseguia enxergar o fim daquilo ali.

Mas o desfecho chegou, porque o cretino traiu minha melhor amiga. E ela encontrou em Davi alguém que pudesse cuidar de seu coração, apesar de tanto relutar.

Nos últimos sete meses, eu queria ter estado mais perto dela, mas não fiquei. Busquei o apoio dela no início da gravidez e não recebi. Depois, vacilei feio com minha melhor amiga, que tinha perdido um grande amor e os pais em um curto período de tempo. E quando a vi sentada no meu jardim, sabia que precisaria conversar com ela. Pedir desculpas.

As nossas amizades são bens preciosos, e estava claro como o dia que não cuidei bem das minhas.

Meu sorriso se abriu ao ver os dois. Alívio, principalmente por perceber que minha amizade com Luiza não tinha sido tão esfacelada a ponto de ela não vir.

— Meu OTP[1] chegou! — disse, tentando demonstrar minha empolgação o máximo possível.

Abri os braços em direção à Luiza. Logo minha amiga começou a conversar com minha barriga, e Davi, sorridente, veio me saudar.

— Como você está, querida? — perguntou, gentil. — Como vai a gravidez?

---

1 OTP - *one true pairing*, termo utilizado para designar o casal perfeito, muito utilizado por fãs.

— Bem, graças a Deus. Estou feliz por vocês dois terem vindo primeiro. Podemos conversar sobre uma coisa antes que mais convidados cheguem?

— Claro, amiga. — Luiza segurou meu braço gentilmente. — Vamos conversar.

Deixamos com minha mãe o presente que eles trouxeram e caminhamos até uma mesa.

— Marquei este chá de bebê e fiz questão de convidar apenas as pessoas que são extremamente importantes para mim, por um motivo. É que quero conversar sobre o real motivo de esta gravidez ser tão importante para mim. Quero falar com vocês dois e com as Lolas, pois não conversei com ninguém até agora, exceto meus pais e Roger.

— Miga, o que houve?

O nervosismo era claro na voz de Luiza. No rosto de Davi ficava clara a dúvida, os questionamentos a respeito do que estava acontecendo. Apressei-me em tranquilizá-los, explicando em detalhes o que tinha me acontecido. Da descoberta de que meu sonho de ser mãe era palpável, passando pelos desdobramentos da minha condição. Falei da briga com as Lolas. De como eu tinha me sentido mal por me separar de Luiza. Ela havia perdido os pais, sido traída. Davi foi o único suporte que teve e, mesmo assim, eles batalharam muito até se acertarem. E eu não estive ao lado de nenhum dos dois.

Nos últimos meses, eu mal estive ao meu lado.

Felizmente, ambos me acalmaram. Conversamos sobre a minha dificuldade de engravidar, sobre as complicações que encontrei para o bebê nos últimos meses. A conversa com Luiza foi só a primeira. As pessoas foram chegando e eu as recebia. Mais do que uma festa, era um reencontro com aqueles que eu só vejo em situações de trabalho ou em correria. A música estava baixa, então conseguíamos conversar muito bem. Também deixei o som disponível para quem quisesse colocar sua própria playlist por um tempo. As pessoas se revezavam nas poltronas ao lado da minha, sabendo que eu não podia me esforçar e ficar de pé por muito tempo. Mas quando as três Lolas chegaram ao mesmo tempo, eu me levantei. Fui recebê-las, dizendo que precisávamos nos falar. O papo que tive com Luiza foi bem revelador nesse sentido, confirmou tudo o que já vinha na minha mente: deixar tudo esclarecido com elas.

— Ai, amiga, eu também queria — concordou Thainá, suspirando. — Mas a Rai tinha de estar junto. Sinto que a gente precisa disso.

— Eu a convidei — revelei, deixando a tristeza se mostrar em meu semblante. — Queria que ela tivesse vindo.

Mudamos de assunto e, quando Ester foi ao banheiro, levantei-me.

Caminhei um pouco pelas mesas, trocando poucas palavras. Mas meus pés tinham destino certo. Como se soubessem o que acontecia, eles me levaram até o portão de casa. Qual não foi minha surpresa ao ver Raíssa descendo de um carro! Nós nos encaramos, e vi no seu sorriso que ela tinha vindo em paz.

Um suspiro de alívio deixou o meu corpo.

O abraço que trocamos foi reconfortante. Segurei-a com força, querendo ter esperanças. Ela me pediu perdão, mesmo que não fosse necessário. Peguei sua mão na minha, entrando. Logo que nos viram, as outras Lolas entenderam. Entramos na casa, decididas: havia o que conversar, e a hora era aquela.

— Quero conversar com vocês o que deveria ter conversado meses atrás, quando contei que estava grávida. Acho que é uma oportunidade para ouvirmos umas às outras sem julgamentos. Apenas ouvir, depois decidir nosso futuro.

— Eu adoraria — Rai se manifestou. — Tenho desculpas a pedir e coisas para contar.

— Acho que temos todas — Ester concordou, suspirando. — Paula, quer começar? Podemos falar uma por vez e, no fim, respondemos de modo geral.

Todas concordamos que era uma boa ideia. Fui em frente e falei:

— Eu tenho endometriose. É uma situação que impede a fecundação do óvulo. Já sabia disso desde que era adolescente e tinha aceitado. Teria que fazer tratamento para ficar grávida, e não havia nenhuma garantia de que daria certo. Só que eu acordei um belo dia e estava esperando um bebê. Há coisas no corpo humano que a gente não consegue explicar. E, sinceramente, eu não faria nada para ferir esta criança. Ela poderia ser a minha única chance de ser mãe. Preciso dar o meu máximo para esta gravidez ser perfeita, pois não sei se terei outra chance.

As lágrimas nublaram minha visão com a verdade do que eu havia terminado de falar. Com o medo de perceber que aquele bebê estava cada vez mais próximo e poderia não nascer, a qualquer descuido meu.

— Eu não fazia ideia disso — contou Thainá.

— Não conto a ninguém. Meus pais sabiam, claro. Quando descobri a gestação, falei para Roger. Tinha planos de dizer a vocês, mas tudo deu errado naquela reunião. E o que fiz nos últimos meses foi meio que fruto daquilo. Estava frustrada com as quatro. Claro, mais com uma do que com as outras. Mas não contei com isso ao saber da bebê. Achei que seria diferente entre nós. Que vocês receberiam a notícia de forma diferente. Acumulei mágoas, porque precisei de vocês e não podia contar com ninguém. Mas não me dei conta também do quanto me fechei por conta disso. Então, gostaria de pedir desculpas por tudo, pela forma como as tratei. Mas também gostaria que me entendessem, soubessem a razão de eu ter colocado a minha filha acima da nossa banda. — Respirando fundo, finalizei: — Era isso que eu tinha para dizer.

— Rai, quer ir? — Bianca sugeriu.

— Eu sofri por anos com o meu pai. Ele pode parecer um cara rígido e sério para quem vê de fora, mas conseguia ser vinte vezes pior comigo. Meu psicológico ficou tão estragado, que isso refletiu em distúrbios alimentares e automutilação. Eu tinha controlado isso, mas fui pressionada por ele, para sair da banda, desde muito tempo atrás. Ele sempre achou que vocês não se dedicavam o suficiente e que atrasariam minha carreira. Queria de todo jeito que eu saísse. Minha decisão de fazer projetos paralelos era 80% culpa dele, e 20% culpa minha.

— Meu Deus, Rai, eu não imaginava que você estivesse passando por tudo isso. Acho que eu estava escondida em Nárnia, para simplesmente não saber o que se passava com todas vocês — lamentou Thainá.

— Eu poderia colocar tudo na conta do meu pai, mas não seria justo. Tenho de assumir que, depois daquela reunião, também fiquei magoada. Eu não queria deixar a banda, estava pedindo para tocar minhas próprias coisas por pressão dele. Mas naquele dia eu perdi a linha, peguei no ponto fraco de todas vocês e não consegui que me entendessem. Que compreendessem o meu lado. — Secando o rosto cheio de lágrimas, que era uma cópia do de todos nós, ela prosseguiu: — E eu também quero pedir perdão. Não sei bem por onde começar a me desculpar com vocês. As coisas que falei e fiz foram horríveis. Não há como simplesmente apagar tudo, mas era o que eu queria.

— Eu não conseguia sequer sair de casa — revelou Ester. — Síndrome do Pânico era algo paralisante. O mês de janeiro foi um borrão na minha vida. Aquela nossa reunião... Eu tinha acabado de ter uma crise, então vocês duas jogaram bombas em nós. Foi difícil processar, mas eu gostaria que você tivesse se aberto conosco antes, Rai. Nós duas sofremos de doenças psicológicas, e a Thai foi vítima de abuso, assim como você. Em vez de atacarmos uma à outra, deveríamos ter nos fechado. Nós cinco. E eu sei que é uma característica minha ficar irritada e explodir, ou tratar com desprezo. Fiz isso muitas vezes, em diversas situações. Em brigas que eu poderia ter deixado para lá, mas escolhi revidar. Queria ter conhecimento do que todas vocês estavam passando, para não agir da forma como fiz nos últimos meses. Para estender a mão, em vez de virar a cara.

— E eu fiquei muito magoada com todas vocês — Bia iniciou sua fala. — Sempre fui correta, a primeira a chegar e a última a sair. Nunca coloquei minhas vontades na frente da banda. Porém, quando o mundo se voltou contra mim, todas vocês me tacaram pedras. Com exceção da Thainá, vocês colocaram culpas em mim que eu não tinha. E isso me magoou, partiu meu coração de muitas maneiras. Vir até aqui hoje foi um passo muito grande para mim, porque eu estava decidida a não voltar para essa banda. Queria olhar para o futuro e não tinha planos de corrigir nada com vocês.

— Por muito, muito tempo, eu senti que toda a culpa por tudo o que acontecia era minha — Thainá falou. — Eu fui a primeira a precisar de um tempo, a entrar em crise. As coisas se acumularam em seguida. Passei por um processo judicial. Sei que sempre fui a cola nessa banda, e me culpava por ter deixado partes de nós se desfazerem. E nada do que eu fazia parecia resolver. Mas eu estou muito, muito feliz por termos nos reunido. Por termos dado uma chance a essa união outra vez. — Ela segurou a minha mão e a de Ester, que estávamos ao seu lado. — E, já começando, não quero que levemos culpas daqui. Sinto que todas nos arrependemos de algo. Peço perdão a quem eu machuquei, a quem eu feri. E espero que possamos melhorar daqui para frente.

Sentindo-me inspirada, peguei a mão de Bianca, ao meu lado.

— Eu digo com absoluta certeza: perdoei o que havia para ser perdoado e espero que possamos reconstruir nossa amizade — disse, tentando colocar no olhar e nas palavras tudo o que sentia.

— Fiquei muito magoada, mas posso dizer que também perdoei — adiantou-se Bianca. — Senti muito a falta das minhas melhores amigas nesses últimos meses.

— De minha parte, estou pronta para dar outra chance a essa banda, este grupo de amigas — garantiu Ester.

— É claro que também perdoei tudo — Thai disse, com um pequeno sorriso nos lábios. — Só quero ficar bem com vocês de novo.

— Eu… — Raíssa começou, mas caiu em um choro incontrolável.

Nós nos abaixamos no tapete da sala, até compartilharmos um grande abraço. Raíssa murmurava desculpas, mas tudo já estava esclarecido. Toda dor morreu naquele abraço.

— Tem mais uma coisa — comecei, roubando a atenção novamente. — Quero que o nome da minha filha seja Lola. Tudo bem por vocês?

O sentimento positivo estava estampado em todos os rostos. A gratidão. A compreensão. O amor.

— Não há nome melhor — soltou Raíssa, a voz carregando suas lágrimas.

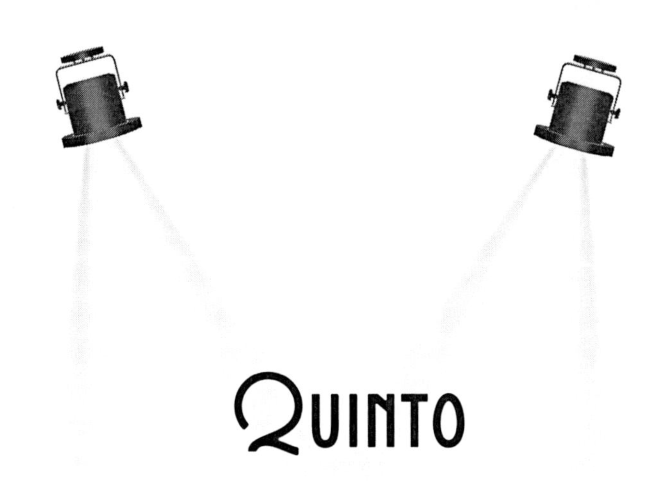

Quinto

No, we won't separate. We know love can conquer hate. So we build bridges. Bridges, not walls.

Não, não iremos separar. Sabemos que o amor pode conquistar o ódio. Então, nós construímos pontes. Pontes, não muros.

Bridges - Fifth Harmony

10 de setembro de 2018...

Dias depois, mais uma vez minha casa estava tomada de pessoas queridas. Tudo graças ao fato de termos nos acertado no meu chá de bebê.

Quando Roger viu que tudo estava resolvido, que éramos amigas e estávamos em paz outra vez, pediu que decidíssemos nosso futuro.

O que as Lolas queriam fazer. Quais passos queriam dar. Que dinâmica ter. Análises necessárias.

Fomos para casa e refletimos sobre tudo, pensamos no que nós desejávamos como carreira. E voltamos hoje, dois dias depois, para mais uma conversa sincera.

Minha casa foi o lugar escolhido, é claro, em virtude da minha condição de saúde. E ainda bem, pois não me sentia tão disposta naquele dia. A primeira a chegar foi Ester, mas as outras não demoraram. Queria tê-las recebido à porta, mas não foi possível. Aconcheguei-me no sofá, sentindo dores nas costas, os pés inchados, o corpo cansado.

Gravidez não é para amadores.

— A gente pode deixar para outro dia, Paulinha — sugeriu Thainá.

— Não, tudo bem. Se vocês não se importarem de eu me sentar aqui no sofá o nosso encontro inteiro…

— A gente tem cerveja gelada, refrigerante e chá, o que vocês vão querer? — perguntou mamãe, entrando na sala com uma bandeja com bolo de cenoura e outros petiscos.

— Eu vou de cerva, tia. Tem a verdinha? — questionou Bianca.

Todas pediram o que queriam, e Ester acabou indo com ela para ajudar a trazer as mil e uma coisas.

— Rai, quer começar? Você já está tocando uma carreira solo, então deve ter planos — sugeriu Ester, abrindo uma lata de refrigerante.

— Meninas, sendo sincera, eu estava trabalhando em *singles* e parcerias antes de entrar em estúdio para um álbum. Sinto que posso facilmente conciliar os dois. Qualquer que seja o destino que a gente decidir aqui hoje, posso reorganizar os projetos solo.

— Acho que antes de pensar nisso, então, precisamos nos decidir se vamos dar prioridade à banda, às carreiras solo ou se vai ser meio a meio — opinou Thainá.

— Não levem nada disso para o coração, mas eu acho que precisamos ser práticas — começou Bianca. — Não vamos conseguir gravar um álbum, fazer divulgação e entrar em turnê nos próximos meses. A bebê Lola vai nascer, vai exigir muito da Paula nos primeiros meses. Acho que é a hora de quem quer focar em projetos paralelos produzir algo.

— Eu concordo totalmente — falei. — Sendo honesta, minha filha é o meu projeto paralelo hoje. Adoraria poder ser mãe em tempo integral e ficar em casa por alguns meses. Mas eu tinha pensado em algo que poderíamos produzir por ora, se vocês aceitarem.

— Diga, mamãe do ano — Ester pediu.

— Pensei em um álbum de transição com 15 faixas, cada uma de nós sendo a voz principal de uma. Podemos produzir com a nossa cara, nossa identidade. O tipo de música que gostaríamos de fazer por conta própria — expliquei.

— Gosto da ideia. Acho que mostra certo apoio no que cada uma quer como solista, apesar de eu não saber bem o que quero — Bianca argumentou.

— Durante esse tempo, eu fui ver o Davi — contou Ester. — Conversei com ele sobre isso, estava chateada e não acreditava que a banda continuaria. Ele até tem algumas coisas minhas prontas.

— O Davi seria perfeito para esse tipo de projeto com a gente — Bianca comentou. — Ele sabe muito sobre todos os estilos. E sempre nos entendeu muito bem.

— Acho que devemos vê-lo — falou Raíssa, pensativa. — Eu também tenho um produtor aqui no Rio, que estava cuidando de alguns dos meus trabalhos. Mas eu amo trabalhar com o Davi, e seria uma honra entregar esse projeto a ele.

— Pensando aqui, acho que deveríamos documentar esse processo — Thainá sugeriu. — Mostrar como estamos nessa fase da carreira, que não é um fim. Deixar os fãs verem o processo de criação desse álbum.

— Mesclamos com uma apresentação das músicas, mesmo em

ambiente controlado, e podemos trabalhar nisso enquanto focamos em nossos próprios projetos — sugeriu Ester.

— Ou um show único, para poucos fãs — Thainá disse.

— Meninas, acho que são todas ótimas ideias. Já estou animada para trabalharm... — O som do meu celular interrompeu a fala de Raíssa.

— Ai, desculpa, gente! Bia, pega pra mim? — pedi, já que o telefone estava próximo dela.

Dando-me um enorme sorriso depois de ver o nome no visor, ela me entregou de volta. Rejeitei a chamada de vídeo, tirei o som e abri o WhatsApp para mandar uma mensagem para Finn.

— Eu queria ficar quieta e não comentar sobre o assunto, mas não vou conseguir — soltou Bianca. — Esse nome que eu li aí é o de quem estou pensando?

Cliquei em enviar a mensagem, que explicava que eu estava com as meninas e não poderia conversar.

— Que nome você leu? — Ester perguntou, maliciosa.

— F-I-N-N — soletrou.

— Espera, Finn da Age? — questionou Raíssa, mais curiosa do que qualquer outra coisa.

— Sim, ele mesmo. — Suspirei, metade por pensar nele, metade por saber que não conseguiria fugir do assunto. — É uma longa história sobre como nos conhecemos e nos tornamos amigos, mas vamos voltar a falar da banda. Precisamos definir tudo.

— Ok, mas você não vai fugir dessa no final do nosso encontro, dona Paula — Raíssa decretou.

— Tudo bem, eu nunca fui de esconder detalhes de vocês, mas vou querer saber tudo o que está rolando com outro músico bonitão.

— Aaah, isso é verdade. Bota esse gato na roda, dona Raíssa — Thainá pediu.

— Bom, acho que no fim da reunião devemos todas atualizar os *status* de relacionamento, porque quero detalhes de um jogador de futebol também.

Voltamos a conversar sobre a banda e tudo que pensávamos, queríamos. Ester disse sua visão a respeito da sonoridade que buscava, Raíssa também. Thainá e Bianca sentiam que ainda precisavam encontrar que tipo de música queriam fazer, mas Bia tinha outro projeto em mente e queria correr atrás dele. Como eu já tinha avisado, meu projeto paralelo era minha filha, a minha Lola. Era a ela que eu queria me dedicar agora. Contaria com a ajuda de Davi para encontrar as músicas que seriam minhas faixas. Isso, é claro, se ele aceitasse ser o produtor do disco.

— Acho que devemos ligar para ele. Saber se não estamos viajando nisto — sugeri.

— Não estamos viajando — garantiu Raíssa. — Mas, sim, Davi pode nos dar uma boa visão.

Com o celular tão próximo a mim, decidi discar eu mesma. Finn tinha respondido a mensagem, mas só consegui ler o começo, em que pedia que eu ligasse quando pudesse. Davi não demorou a atender.

— Ei, mamãe. Tudo bem?

— Bem e você? Está ocupado?

— Vou sobreviver. Estou só um pouco ocupado, pode falar.

— Estou aqui com as outras Lolas, você está no viva-voz. — Todo mundo deu oi rapidamente. — Você sabe da nossa crise e que estamos nos reorganizando para voltar. — Expliquei todo o projeto de forma resumida, e as meninas acrescentaram. — Gostaríamos de saber se você tem interesse em ser o produtor do disco.

Ouvi seu suspiro do outro lado.

— Paula, meninas... A honra seria enorme. Vocês sabem o que significam para mim. É um projeto ousado, diferente, e eu adoro coisas ousadas e diferentes. Quando querem entrar em estúdio?

— Ainda precisamos pensar nas faixas — Bianca explicou. — Ester disse que tem coisas gravadas com você, Rai está com algumas em mente, mas Paula, Thainá e eu vamos precisar produzir ainda.

— Pensando aqui, acho que vocês poderiam considerar um tema, um propósito para esse álbum. Para conectar todas as faixas. Vamos parar, analisar. Ter ideias. Se quiserem, podemos nos reunir.

— A Paula não está saindo tanto de casa, por causa da bebê — explicou Thai. — Estamos reunidas aqui hoje por causa disso.

— Eu posso ir aí, se quiserem. Ou podemos deixar passar o nascimento da pequena.

Não faltava tanto tempo de gestação, então concordamos em não marcar uma data ainda. Precisávamos conversar com Roger, combinar com a nossa equipe. Se queríamos gravar um documentário sobre a produção do álbum, havia muito a discutir. Muito a trabalhar.

— Agora que tudo isso está resolvido, vamos ao que interessa. — Esticou-se Thainá, ficando de pé. — Vou na cozinha pedir uma cerveja para a Gracinha e volto para as atualizações de *status* de relacionamento.

Enquanto esperava o retorno dela, outra mensagem chegou do número de Finn: era um print de compra de passagem aérea. Um áudio veio em seguida.

— *Queria esperar você ligar para comprar, mas preciso sair para um compromisso da banda. Desculpa. Espero que esse seja um bom horário para o meu voo, mas, se não for, avisa que dou um jeito.*

Olhei com calma o horário e a data, mas não importava. Finn queria chegar uma semana antes da data programada para o nascimento da Lola.

A verdade era que, se eu não pudesse estar lá para recepcioná-lo, pediria a alguém para fazer isso. O importante era que pudéssemos passar esse tempo juntos, que ele pudesse descansar aqui e conhecer a bebê.

Thainá voltou e colocamos nossa vida pessoal e amorosa em dia. Em três dias seria aniversário de Bianca, assim fizemos planos. Senti-me abraçada como há muito não me sentia. Era bom estar com as minhas garotas de volta. Era bom sentir a vida entrando nos trilhos.

Sexto

All we need is somebody to lean on.
Tudo de que precisamos é alguém para nos apoiar.
Lean on - Major Lazer

12 de setembro de 2018...

— A gente tem que conversar muito seriamente — avisou Thainá, assim que entrei e bati a porta do carro.

— Oxi, o que eu fiz? — questionei, estranhando o tom sério.

— Eu fiz uma lista… — pausou, dando dramaticidade à fala. — Tenho pelo menos dez motivos pelos quais você deve me escolher como madrinha da bebê Lola.

— Ai, meu Deus — soltei, sem saber se deveria começar a rir ou levar a sério.

— Os motivos não estão em ordem de relevância, ok? Número um: sou uma das poucas nesse grupo que dirige. Ou seja, serei uma madrinha muito útil por poder levar você e a bebê para todo lado. Hospital, farmácia, mercado, escola, apresentação de balé, treino de natação, o que vocês precisarem.

— Hm… continue.

— Eu tenho o relacionamento amoroso mais estável do grupo. Além de estar com Tiago há mais tempo, ele tem uma profissão sólida e rotina de trabalho, diferentemente das outras candidatas, que namoram um policial, um jogador de futebol e um cantor.

— Socorro, Thainá.

— Já te convenci? Porque o terceiro é…

— Eu não vou escolher nenhuma de vocês como madrinhas — revelei, antes que piorasse.

Com o silêncio que se seguiu, espiei o assento do motorista e encontrei uma Thainá boquiaberta.

— Você nos odeia?

— É óbvio que não, mas seria uma decisão muito complicada. Se antes de brigarmos eu teria dificuldades em escolher, depois de tudo que passamos nos últimos meses ficou impossível. Vou pedir para Luiza ser a madrinha, porque também preciso corrigir aquela amizade. Depois, quando nos reunirmos, vou falar com as outras meninas também. Mas não quero escolher entre as cinco, porque todas são como irmãs para mim e seriam madrinhas perfeitas para a Lola.

Thainá ficou em silêncio por alguns segundos, apenas dirigindo.

— Fico "p" da vida por você ter esse dom da fala, sabe? Tudo o que disse foi perfeito. Odeio você, Paula.

Nós duas começamos a rir, enquanto ela ligou o rádio.

— Por falar em relacionamento estável, qual é a sua com o Tiago? Em que pé anda esse relacionamento?

— Tão bem quanto possível, sabe? — Suspirou. — Os meses longe foram complicados, ainda mais por estarmos começando o relacionamento, mas acho que encontramos um equilíbrio. Ele tirou fins de semana para me encontrar em shows, e aproveitamos o máximo de tempo juntos nas folgas. Tiago é muito compreensivo, isso ajudou.

— E agora os dois estão morando juntos?

— Estamos. Minha mãe ficou com o Rick no apartamento que era meu, e eu fui morar com Tiago. Conseguimos nos ajustar muito bem, felizmente.

— Já está conseguindo se sentir em casa lá?

Thainá parou para refletir outra vez.

— Acho que tão em casa quanto possível. Não sei como é para você, porém eu me identifico muito com aquele clichê de que a minha casa não é um lugar, mas sim as pessoas. A gente passa tanto tempo na estrada, que nem mesmo o meu apartamento tinha essa cara de lar, às vezes. Mas estou tão apaixonada por Tiago que começo a sentir que estar com ele é estar em paz, é relaxar. Se essa é a ideia quando falamos sobre se sentir em casa, estou em casa com ele.

As palavras dela me fizeram refletir, porque em grande parte dos dias sinto a mesma coisa. Tenho uma bela casa, extremamente aconchegante, mas passo boa parte do meu tempo lá sozinha. Talvez meu desejo de ser mãe e ter uma família passe por isso, por essa necessidade de ter alguém comigo. De não estar tão só. As Lolas sempre foram isso para mim, essa noção de ter alguém que é o seu lar. Ao ver a banda se desfazer nos últimos meses, um pouco disso se foi. Estive sozinha, com meus pais morando em outra cidade e minhas amigas nem mesmo olhando para mim direito. Luiza longe, as Lolas distantes. Minha casa não era o meu lar, ele se quebrou.

Depositei na Lola, a esperança de retomar isso, de ter um novo lar.

Um bebê que precisaria de mim e estaria comigo o tempo todo, que nunca me deixaria sozinha. A única coisa que destruiria essa união de elementos perfeitos para a realização do sonho da maternidade era o parceiro. Porque as batidas do meu coração pareciam acreditar que era uma boa ideia fazer a sincronização com um coração que tinha o seu lar do outro lado do oceano.

Relacionamentos entre artistas são complicados. Quando eles vivem com um oceano de distância é ainda pior. E é por isso que uma amizade é tudo que eu deveria querer com Finn.

Chegamos ao hospital cerca de vinte minutos antes do horário. O doutor Fábio estava na recepção, com algumas fichas em mãos.

— Paula, oi — cumprimentou, olhando rapidamente para o relógio. — A que horas nós marcamos? — Seu sorriso parecia apreensivo.

— Para daqui a vinte minutos, doutor. Está tudo bem?

— Sim. Tive uma emergência com uma paciente e ainda não consegui parar para almoçar, esperava fazer isso agora. Importa-se de adiantarmos nosso horário? Você é minha última do dia.

— Não me importo nem de adiantar nem de esperar, doutor. Se preferir, pode almoçar primeiro.

— Não, vamos ver essa meninona de uma vez.

Ele nos direcionou para o consultório e apresentei Thainá, pois queria que ela estivesse lá para o ultrassom.

Era minha forma de agradecimento por ela ter sido uma das poucas a ainda segurar a minha mão, ao longo dos meses.

Do lado de dentro, o médico pediu que uma enfermeira me preparasse. Deitada, aguardei alguns momentos enquanto ele operava a máquina.

— Pronta? — perguntei para Thainá, que trocava mensagens no celular.

— Menina, quem precisa estar pronta é você. Sou só a acompanhante.

— Amiga, que bom que você se sente assim, mas já vi homem feito chorando ao ouvir as batidas do coração do bebê. — Sorri, segurando a mão dela na minha.

— Ela está certa. — Doutor Fábio riu, concordando. — Já vi de tudo acontecer nesse momento. — Ele apertou alguns botões e, logo ao terminar de falar, um som de batidas encheu o quarto.

Os olhos de Thainá se arregalaram, a boca se abriu, e ela tocou a lateral da minha barriga. Sabendo que aquilo a tinha atingido, coloquei a mão por cima da dela. Arrumando-se no lugar, ela sorriu largamente.

— Essa menina parece ótima, Paula. Como está sendo em casa? Está acompanhando a pressão?

— Ela parece bem controlada. Tive dores no corpo e inchaço nos pés, mas a pressão não variou tanto.

— Ok. Quero que continue acompanhando. Uma das coisas que me preocupa é a pré-eclâmpsia, que tem esse inchaço nos membros inferiores e pressão alta como sintomas. Pode ser muito perigoso para a bebê, e não queremos nada que a ameace. Vamos olhar com calma, ok? Manter acompanhando.

— E seguir o repouso absoluto, né? — perguntei, mesmo ciente de que essas duas palavras me acompanhariam pelo resto dos meus dias.

— Isso mesmo.

Ele concluiu o exame, fazendo anotações. A enfermeira me limpou e ajudou a me vestir. Sentei-me na cadeira novamente, Thainá ainda segurando minha mão.

— O que devo fazer agora, na reta final, doutor?

— Olha, aqui está programado para a criança nascer por volta do dia 29, quando completar 39 semanas. Pode levar um pouco mais de tempo, como você bem sabe, mas também pode nascer antes. Vamos ver tudo isso. Aguentamos firmes até aqui, protegemos essa criança, agora falta pouco. Você sabe que meu telefone está sempre ligado e disponível. Não hesite em me telefonar.

Ao sairmos da sala, os cantinhos dos olhos de Thainá estavam úmidos. Ela me carregou pelo braço até o carro e, uma vez sentadas lá dentro, apertou forte minha mão, levando o celular ao ouvido com a outra.

— Muito obrigada. Essa foi a experiência mais emocionante que eu já vivi. — A pessoa ao telefone atendeu e logo descobri quem era. — Titi, eu quero um filho. Vamos ter um bebê?

Sétimo

Deixa o amor te levar, quero ver você voar. Só calor, sol e mar, porque juntos sei que somos um. Só um. Eu não vou te soltar, você pode confiar. Vem que eu vou te guiar, porque juntos sei que somos um. Só um.
Let me be the one - Iza feat Maejor

13 de setembro de 2018...

— Será que já podemos definir seu jardim como nosso novo salão de festas? — questionou Ester, cometendo mais um ato imprudente dos milhares que já cometeu nesta tarde.

A maternidade tinha dominado cada parte de mim, dos pensamentos às atitudes mais radicais. Antes, o fato de ela estar pendurada no último degrau de uma escada, cuidando da decoração da minha parede, em nada me preocuparia. Agora, eu repetia frequentemente a visão da sua queda. Mãe é mesmo um bicho complicado.

— Se todas as festas forem no meu jardim, é certeza de que vocês terão minha presença por mais tempo — apontei.

— Amiga, dadas as circunstâncias, as festas serem no seu jardim é a única forma de você estar presente. — Segurou-se no topo da escada e começou a descer. — Ainda bem que este quintal é tão bom para dar festa quanto o da Anitta. — Então, faltando ainda quatro degraus, ela se virou e viu o namorado ao longe. — Bruno, mas que droga! Foram buscar esse gelo onde? Na puta que pariu?

Rindo, o homem aproximou-se de nós, largando o saco de gelo na minha frente. Tiago, que estava ao lado dele, fez o mesmo com dois sacos de carvão.

— Oi, amor da vida. Também senti sua falta — saudou Bruno, esticando-se para beijar os lábios da minha amiga. — Paula, onde a gente coloca essas coisas?

— As churrasqueiras estão ali. Não sei se vocês vão usar as duas. — Apontei para a extremidade esquerda do quintal. — O latão que usamos para o gelo está dentro daquele quarto ali. Pode pegar quando quiser.

— Acho melhor fazer logo, que eu já tô doido para tomar uma gelada — desabafou Tiago.

— Na geladeira lá dentro já tem algumas, a Ester vai pegar enquanto vocês resolvem o latão.

— Eu não sei onde está — argumentou a preguiçosa.

— Minha mãe está na cozinha, fazendo o bolo. Ela mostra. Só não vou lá porque você sabe que estou evitando o esforço.

— Eu sei, repouso absoluto. — Suspirou, rolando os olhos. — Só deixo você mandar em mim porque minha afilhada Lola sairá em breve desse ventre, e eu pretendo roubar essa fofura para mim.

— Alex — gritou Bruno, ao ver o homem sair pela porta dos fundos da casa —, pede à mãe da Paula para liberar uma gelada para cada. — Depois que o loiro concordou, ele se virou para a namorada. — A gente foi buscar o cara lá no centro de treinamento do Bastião. Fim do mundo aquele lugar. Por isso demoramos. Enfim, vamos resolver o churrasco. Se precisarem de ajuda, é só chamar.

Os dois se afastaram para cuidar das coisas. Ester ficou encarando as costas do namorado intensamente, os músculos flexionados pela força de carregar o gelo. Quando ele entrou no quartinho e a magia se desfez, ela virou para mim novamente.

— Vou lá dentro buscar as toalhinhas de mesa. Já volto.

Fiquei pensando na dinâmica que estava acontecendo no meu quintal. Era aniversário de Bianca, e os planos dela envolviam sair à noite com o namorado e alguns amigos para curtir. Mas, desde que nos reconciliamos, estamos buscando fazer mais coisas juntas, e eu certamente não poderia ir para a balada sem deixar doutor Fábio surtando. Optamos por um churrasco de almoço.

Era meio de semana, mas incrivelmente conseguimos reunir todo mundo. Thainá saiu com Bianca, para distraí-la, porque apesar de saber que haveria um almoço, ela não tinha dimensão do que estávamos planejando. Tiago estava de férias no trabalho, então se ofereceu para cuidar do churrasco e do que mais fosse necessário, junto a Bruno, que não estava de plantão. Ester seria a decoradora. Alex sabia de toda a trama e veio do treino direto para minha casa, tentando ajudar os rapazes como pudesse. Em breve, alguns amigos do time dele viriam, já que eram próximos de Bianca também.

Raíssa era a única que não poderia estar aqui pela manhã. Ela tinha alguns compromissos previamente marcados e não poderia faltar a este, assim viria com os docinhos o mais rápido possível. Igor estava com ela, e seria a primeira vez que presenciaríamos aquele casal desde que ele começou a acontecer.

Ver os companheiros das minhas amigas convivendo uns com os outros, conosco, todos habitando o mesmo espaço... Tudo isso me deixou pensativa. Como seria se o que sinto aqui dentro se tornasse uma realidade? Como seria se aquele que faz meu coração palpitar se misturasse a essas pessoas?

Mostrando que estávamos conectados em pensamento, uma mensagem de texto chegou para mim. Era um simples *all yours*, todo seu, respondendo o pedido que eu tinha feito a ele anteriormente, de me avisar quando estivesse desocupado. Mesmo estando sozinha, procurei pelo fone de ouvido que tinha levado e o encontrei no vão lateral. Iniciei a chamada de vídeo e fui rapidamente atendida.

Um Finnick abatido me atendeu do outro lado.

— Ei... Está tudo bem? — questionei, preocupada.

Antes que pudesse me responder, o celular caiu, e diversos palavrões vieram do outro lado da linha.

— Não posso ficar muito tempo — avisou, claramente irritado, assim que deixou o telefone em pé novamente.

— Está tudo bem? — insisti na pergunta.

— Dentro do possível. — Ainda assim, parecia irritado. — O filho da mãe que decidiu nos mandar para uma turnê de ônibus pelos Estados Unidos deveria ser demitido.

Ah, sim. Finn estava dividindo beliches com os outros quatro integrantes da Age 17 há duas semanas. E odiando cada minuto.

— Alguma razão especial para a demissão no dia de hoje, ou é a mesma de sempre?

Suspirou, esfregando o rosto.

— Desculpa. Eu estou insuportável.

— Ei, não é uma reclamação. Sei que um ônibus para os cinco é uma situação estressante.

— Você sabe que estou me esforçando. É que nos fizeram trabalhar feito loucos gravando um clipe, e agora eu só queria uma cama confortável.

— Em poucas semanas você vai estar aqui, e vou deixar a cama mais confortável da casa para você.

Um sorriso brotou em seus lábios. Finn não me encarava, então ficou a dúvida se era um sorriso tímido ou malicioso.

No começo da nossa amizade, qualquer referência sexual, da mais leve à mais pesada, ganhava um comentário malicioso dele. Mas as coisas estavam mudando desde que ele definiu que viria me ver, e se alteraram mais ainda quando estipulou que passaria todos os dias de suas férias comigo. Por vezes, o mais sutil comentário, como o fato de eu selecionar uma cama confortável para ele, se fazia suficiente para que Finn corasse e quisesse mudar de assunto.

— Pensar em estar aí com você alivia um pouco o que eu estou vivendo aqui — confessou.

— Mal posso esperar para te ver chegando aqui. Estava pensando mesmo como seria se estivesse aqui hoje, antes de receber sua mensagem.

— Paula... — Sua pausa se prolongou, mostrando um pouco de suas inseguranças. — Quero saber se estaremos na mesma página quando eu chegar aí.

Em dúvida sobre o que ele realmente queria dizer, resolvi perguntar:

— Do que você está falando?

— Você sabe que, no momento em que eu a tiver ao alcance das minhas mãos, não vou querer mais ser só seu amigo. Vou querer tentar outras coisas.

Sentindo todos os meus pelos arrepiarem, eu assenti.

— Bom saber como se sente. — Sorri, vendo seu olhar sério do outro lado. — Porque, apesar das limitações, também quero mais do que amizade. Que outras coisas são essas que você quer tentar?

Espelhando meu sorriso, ele esticou a mão e tocou a tela. Senti a carícia que foi feita em meu rosto, mesmo que muitos quilômetros nos separassem.

— É melhor nem dizer. Não vai fazer nenhum bem nem para mim, nem para você. — Suspirou. — Sei que aí você está com convidados, não vou te prender por muito tempo. Só queria ver o seu rosto. Ouvir a sua voz.

— Vá descansar. Quantas horas de ônibus você vai pegar?

— Oito. Queria conseguir dormir em todas elas, mas não acredito nessa possibilidade.

— Durma tantas horas quanto puder e me mande uma *selfie* toda vez que acordar.

— Meu corpo vai, inconscientemente, acordar várias vezes, se for para falar com você.

Fiquei momentaneamente sem palavras, apenas olhando seu rosto. Decorando os detalhes, os traços. Percebendo coisas que não tinha visto antes. As palavras daquele homem faziam meu coração dilatar, aumentar de tamanho. Eu o sentia cada vez mais recheado. Cada nova emoção que me preenchia foi construída por muita conversa, apoio e chamadas de vídeo. Um distanciamento autoimposto e que não era bem-vindo, mas que ainda não encontrou maneiras de ser superado.

Ambos sabíamos que ele viria, que ficaríamos juntos, mas também tínhamos total ciência de que voltaríamos a nos separar. As Lolas viajavam o mundo, a Age 17 também. E, no momento em que voltávamos para descansar em casa, as nossas estavam em continentes diferentes.

Não demorou muito para Ester chegar, mas trouxe Raíssa consigo.

Finalizamos a ligação, e ele me prometeu as *selfies*. Desejei em pensamento que conseguisse descansar, mesmo que isso significasse não me mandar foto nenhuma.

Rai subiu para o meu quarto, para tomar uma ducha.

— Ouvi boatos de que sua estrela do pop desembarcará em terras cariocas para o nascimento da bebê Lola — Ester comentou, como quem não quer nada. — Bruno se ofereceu para buscá-lo no aeroporto. Disse que tira o cara de lá sem que ninguém o reconheça.

— Seria muito atencioso da parte dele, especialmente porque não sei se conseguirei estar presente, devido à minha condição física. Mas quem foi que disse que há uma estrela do pop vindo para o nascimento da minha filha?

Rindo, Ester se jogou no sofá, ao meu lado, e passou o braço por cima dos meus ombros.

— Sua mãe perguntou se eu conhecia esse garoto inglês que vai passar as férias na casa da filha dela.

— O dia em que as revistas de fofoca descobrirem que minha mãe não consegue guardar um segredo, estou perdida.

Ester colocou a mão sobre a minha barriga, acariciando a bebê.

— Espero que Finn Mitchell saiba onde está se metendo, porque se não for perfeito com você e minha afilhada, ele terá quatro Lolas furiosas na cola dele.

— Sobrinha.

— O quê? — perguntou, confusa.

— Acho que vocês deveriam chamar a Lola de sobrinha. Já expliquei que não consigo escolher uma madrinha entre vocês, que vou dar para Luiza batizar. Vocês quatro serão as tias.

Ester ficou em silêncio, contemplativa. Roeu uma unha, então falou.

— Acho a melhor decisão. Fico feliz de poder escolher todas como madrinhas do casamento, sem ter que dar preferência a uma ou outra.

Virei-me para ela, estudando sua expressão.

— Do jeito que você falou, até parece que Bruno fez o pedido.

— Eu vou fazer — informou, mas logo se apressou a completar, quando viu meu rosto assustado: — Nós dois queremos, mas Bruno está cheio de inseguranças idiotas. Se eu não der o primeiro passo, nunca passaremos de namorados.

— Mas você está planejando algo para os próximos dias ou próximos anos?

— Depois que seu namorado chegar. Vamos tirar alguns dias para nós, viajaremos sozinhos. Espero voltar noiva de lá.

— Uau — disse, ainda sem acreditar. — Não sei o que dizer, só que…

vocês dois merecem isso, Ester. Fazem jus a tal nível de comprometimento.

— Todas nós merecemos. Nossas histórias são únicas, cheias de altos e baixos, porém altamente inspiradoras. Passamos pelo inferno, nós cinco, mas o pote de ouro no fim do arco-íris está mais próximo do que parece.

Logo Raíssa voltou, e as duas seguiram para terminar a arrumação da festa. Thainá estaria aqui com Bianca, em breve. Eu fiquei ali, observando meus amigos por todo lado no jardim, e ajudando como podia. E no meu celular, nas oito horas seguintes, chegaram três *selfies* sonolentas, a última com a legenda "Noah não para de falar: chega de dormir". Sem poder desperdiçar aquelas imagens, coloquei a segunda como papel de parede no celular.

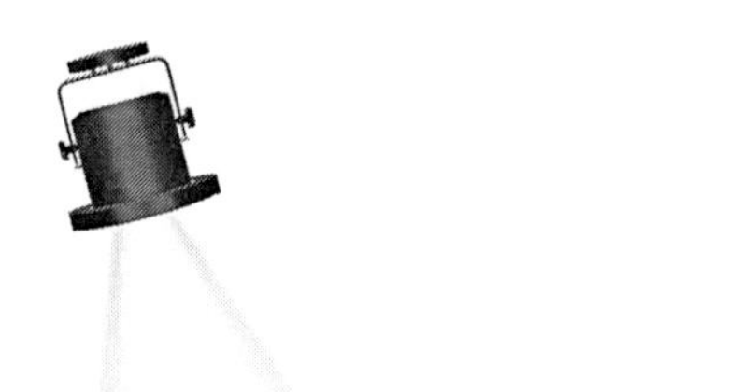

Oitavo

Give you the silence that only comes when two people understand each other. Family that I chose, now that I see your brother as my brother.

Dar a você o silêncio que só vem quando duas pessoas compreendem uma à outra. A família que escolhi, agora que vejo seu irmão como meu irmão.

Peace - Taylor Swift

13 de setembro de 2018...

— Ai, meu Deus! — exclamou Bianca. Seus olhos ficaram cheios d'água no mesmo momento. — Não acredito!

As meninas tinham feito um belo trabalho no meu jardim. A decoração era simples, mas de muito bom gosto. Por termos combinado tudo em cima da hora, recorremos a uma amiga decoradora. Ela não poderia ajudar fazendo, mas emprestou algumas peças de mobiliário. Porém, tenho certeza de que não era isso que a tinha impressionado.

O fato de haver jogadores de futebol, professores das ONGs, amigos músicos e nossa equipe, além de toda a família dela, espalhados em meu jardim, gritando "feliz aniversário", era o que deixava seu rosto em êxtase.

Ela agradeceu a cada um, sem pressa nenhuma. E era bom, porque cada pessoa ali se esforçou para ir àquele almoço. Era uma quinta-feira, meio-dia. Todo mundo trocou a escala no trabalho, reagendou compromissos, etc.

Quando pensamos em fazer uma festa de aniversário surpresa para Bianca, a ideia era trazer o maior número de amigos e conhecidos possível. Durante nossas brigas, um dos argumentos dela era de que a havíamos abandonado. Achamos que a presença de muitos amigos no dia do seu aniversário ajudaria a apagar tal sentimento.

Ela ainda tinha planos de sair para beber à noite, mas o rolê era outro. A bebê Lola me expulsou do convívio.

Eu estava sentada a uma mesa com dois jogadores de futebol do

Bastião e um assistente de produção, quando a primeira *selfie* de Finn chegou. Ele disse que voltaria a dormir, então mandei emojis de coração e beijos em resposta. Queria poder beijar aquele rosto amassado.

O almoço ficou delicioso, e o ponto da carne era perfeito. Lola estava agitada na minha barriga, acho que principalmente por ser a segunda festa dela em poucos dias. Depois de comermos, alguns precisaram ir embora — principalmente os jogadores, que teriam que treinar —, mas os que permaneceram cantaram no karaokê, jogaram queimada no quintal e caíram na piscina. O sorriso de Bianca iluminou nosso dia.

No fim da tarde, escapei da festa para o meu quarto, sentindo os pés inchados. Deitei-me na cama, ouvindo os sons da alegria dos meus amigos do lado de fora. Não me senti sozinha, em parte porque Lola chutava minha barriga, como se mostrasse que eu nunca mais estaria só. As três *selfies* de Finn já tinham chegado, e outro ponto que não me deixou sentir sozinha foi esse. Era como se ele estivesse comigo, pois eu podia senti-lo. Sentir sua risada, seu olhar de carinho. Sentir o toque da sua mão, como quando ele me acompanhou naquele ultrassom.

Queria tanto que essas sensações fossem verdadeiras!

Ouvi passos no corredor, e logo o rosto sorridente de Bianca apareceu na minha porta, tirando-me dos devaneios com o cantor britânico.

— Está tudo bem?

Sorrindo, bati no espaço vazio da minha cama, para que ela se aproximasse.

— Sim, tudo está bem. Só estava me sentindo um pouco cansada, com os pés inchados. Vim me esticar um pouco.

— Ainda bem — comentou, sentando-se. — Mas, se quiser que saiamos, podemos ir embora.

— Não — disse, firme. — Gosto de ver meus amigos se divertindo aqui em casa, mesmo que ainda não possa participar.

— Por um bom motivo. Nossa bebê Lola está dando trabalho, mas acho que todas as crianças do mundo dão em algum momento. Posso fazer algo para ajudar?

— Preparar um banho quente e massagear meus pés — brinquei.

— Quer que eu frete um jatinho para trazer seu *London boy* mais cedo também?

Eu queria rir, mas o fato de ela saber sobre a vinda de Finn me preocupou um pouco. Minha mãe continuava abrindo o bocão?

— Finn não está em Londres.

— Ah, sei lá. O que sei é que em breve ele estará aqui, e você parece bem ansiosa para isso.

Dei de ombros, sem querer confirmar.

— O que minha mãe falou?

— Não foi a tia dessa vez. Foi a Ester. Ela comentou que Bruno vai buscar Finn no aeroporto, quando ele vier para o nascimento. Mas eu me lembro bem de você ter nos dito que era apenas uma amizade…

— E é. Quem está aumentando toda a história são vocês e minha mãe.

Bianca me encarou com as mãos nos quadris, incrédula.

— Pra cima de moi? Respeita minha história, dona Paula. — Deitou-se na cama, do meu lado. — Sei bem o que é esse brilho no olhar quando o nome dele aparece na tela do celular, porque é idêntico ao meu com Alex.

Ansiosa para saber sobre o casal e fugir das perguntas, peguei o gancho da história.

— Como tem sido namorar um jogador de futebol?

Ela suspirou antes de responder.

— Tenho que manter o homem em rédea curta. As influências são péssimas, mas Alex tem a cabeça muito boa. É focado. Na carreira, na forma como guarda dinheiro para o futuro e cuida do próprio corpo, mas também em nós. Sinto que está tão entregue ao relacionamento quanto eu.

— Imagino que o *Direct* dele no Instagram seja um pesadelo.

— Amiga, é pior do que o de todas nós juntas. Ele recebe cada coisa no *Inbox*! Só piorou desde que voltou a jogar no Brasil. Chega desde nudez até xingamentos dos torcedores.

— Mas vocês confiam um no outro, né?

— O que nos resta é confiar, sabe? Nenhum de nós precisa de um relacionamento. Temos uma vida corrida, pouco tempo livre. A solteirice seria o caminho mais fácil. Amigos que se pegam de vez em quando era o melhor tipo de relacionamento para nós dois. Mas escolhemos nos comprometer, ficar juntos. Escolhemos nos amar. Nós dois temos muito a perder se formos machucados, então só nos resta acreditar no que vemos brilhar nos olhos um do outro.

Não sei por quanto tempo permanecemos ali, falando de amor e cumplicidade, deixando o silêncio de duas pessoas que se entendem preencher os espaços. Finn se mantinha em minha mente o tempo inteiro. Eu tentava, a todo custo, encaixar um nós em meio à rotina das Lolas e ao nascimento da minha filha.

Tenho de admitir que não é nada fácil. Embora valha muito a pena tentar.

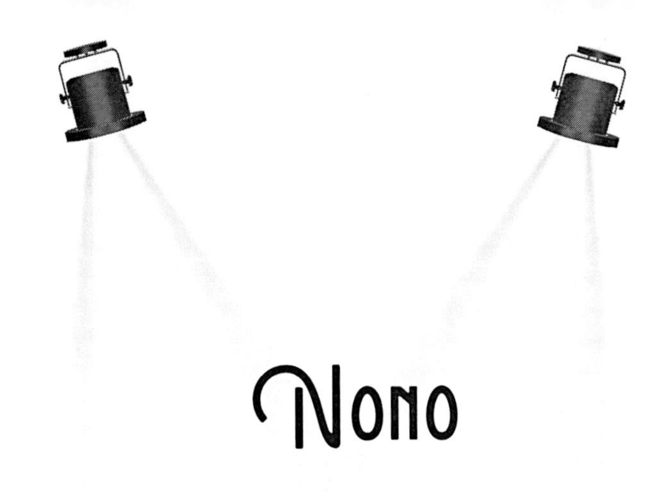

Nono

Amigo, amar alguém a fundo é coisa séria de querer.
Cuide de quem te quer e cuide de você.
Fica tudo bem - Silva feat Anitta

15 de setembro de 2018...

— Ai, ai, ai, ai, inferno — xingou Raíssa, tão alto que ouvi do corredor. Entrei no quarto da pequena Lola, onde a encontrei.

— Tudo bem? — perguntei, tentando entender o que tinha acontecido.

— Encostei a pistola de cola quente na coxa.

Tentei, com muita força, não rir.

— Posso trazer alguma coisa? — insisti, escondendo o riso, que era mais forte que eu.

— Vou sobreviver. Mas, quando a Lola estiver aprendendo a falar, quero que ensine meu nome primeiro. Aí estaremos quites.

— Você não pede pouco, né, minha amiga?

— Paula, pelo amor, eu estou dando tudo de mim para decorar este quarto. Lola terá o dormitório mais estiloso possível, graças à tia prendada, que se dedicou inteiramente a fazer enfeites. Ela vai trazer amiguinhas para cá e receber elogios, tudo graças a mim.

— Meu Deus, Rai. Como você é besta. — Rindo, sentei-me na poltrona de amamentação.

Em uma das visitas das Lolas, elas viram que o quarto da bebê não estava pronto. Em uma força-tarefa, Thai fez uma limpeza, Esther trouxe Bruno e ambos montaram os móveis, Bia foi comprar os itens que faltavam, e Rai concordou em decorar. As roupinhas e demais produtos foram direcionados para Luiza, que colocará tudo no lugar quando Davi vier me ajudar a gravar minhas faixas do CD novo, o que deve acontecer hoje à tarde.

— Sempre fui muito boa em trabalhos manuais, mas a verdade é que coisas assim acontecem todas as vezes. Não sei como ainda não risquei essa blusa com caneta.

— Não dá para ter tudo, minha amiga. Agradeça o fato de sua camisa estar inta…

Não consegui nem terminar a frase antes que a cola quente pingasse, dessa vez na borda do decote. Por sorte, não tocou a pele.

— Chega, vou aposentar esta pistola.

Ficando de pé, entrou apressadamente no banheiro. Peguei a pistola de cola e o enfeite, fazendo o que faltava. Assim que retornou e viu pronto, entregou o restante a mim, e fui fazendo no tempo em que ela os espalhava pelo quarto.

— Rai, eu quero te perguntar uma coisa, mas não sei como — comecei, entregando a última estrela a ela.

— Posso dizer simplesmente "não", se for um assunto que me deixa desconfortável? — indagou, prendendo o item na parede atrás do berço.

— Claro. Não quero forçar nada.

— Então desembucha. — Caminhou de volta para mim, sentando-se no chão perto da poltrona, onde esteve anteriormente.

— Como estão as coisas com o seu pai? Você nos disse o que ele fez, mas não sei como está a situação da sua família.

— Não acho que tenho forças para ir contra o meu pai agora, sabe? — Suspirou, como se proferir aquelas palavras exigisse muito dela. — Toda a parte do controle contratual que ele tinha sobre mim está sendo resolvida pelo Daniel e pelo Roger. Não quero me envolver. Não quero ter que ver meu pai tão cedo. Ele me levou a um estado emocional para o qual não desejo retornar.

— Eu nem consigo imaginar o que é sofrer tudo isso, toda essa falta de apoio, por parte da própria família.

— É horrível e eu não desejo a ninguém. Minha mãe pediu o divórcio, finalmente. Parece que depois de anos eu finalmente servi de inspiração para ela, que não quer ver outro filho ser estragado pelo meu pai, e está se afastando pelo bem do meu irmão.

— É sério?

Ela assentiu, um pequeno sorriso surgindo em seus lábios.

— A situação está bem agitada por lá, mas acho que coisas boas vão sair disso. Minha mãe está morando no meu apartamento, por enquanto, e é bom ter minha família por perto.

— Com o que sua mãe trabalha? Como ela pretende seguir a vida longe do seu pai?

— Minha mãe se formou em Ciências Políticas, mas nunca exerceu. Meu pai dizia que ela era mais útil em casa, cuidando das coisas e dos filhos. Acho que ela está em uma fase de decidir o que fazer da vida. O que é muito engraçado, se considerarmos que ela não é mais uma menina de dezoito anos.

— Acho que faz parte do processo de se libertar de amarras.

— Sim. Felizmente, posso dar a ela a tranquilidade de decidir o que é melhor para si mesma e para o meu irmão. Se ela decidir voltar à faculdade ou se tornar prefeita do Rio de Janeiro, temos tempo de sobra, e posso nos manter financeiramente.

— Acho que a grana que fazemos é o maior motivo de paz que eu tenho no momento. Saber que posso ajudar meus pais, se eles precisarem.

— Eu preciso cuidar melhor do meu dinheiro. Nunca me preocupei com isso, pois sempre confiei em meu pai. Agora, tenho que tomar todas as decisões e pensar no futuro, quando pararmos de cantar.

— A carreira da música é muito mais ingrata com mulheres. Quanto mais velhas, menos interessantes nos tornamos para o mercado. Por isso vemos mulheres como a JLo fazendo todo esforço possível para cuidar do corpo e não parecer que está envelhecendo.

— Isso me assusta. Pensar nas loucuras e procedimentos estéticos que um dia podem nos ser impostos, se quisermos nos manter relevantes.

— Espero não ter de fazer nenhuma doideira. Manter uma rotina saudável, exercícios e uma estabilidade financeira para poder parar quando chegar a hora.

— Amém, irmã. — Ela esticou a mão e bateu na minha em um *high five*.

— Fica de boa, amiga, e liga para o irmão da Bia. Ele é contador, e a empresa dele cuida da minha grana. Felizmente não preciso me preocupar.

— É, boa ideia. Igor e Roger andaram me dando conselhos. Igor se preocupa muito com isso.

— Por falar em Igor, como ele está?

— Muito bem. A gente se fala o tempo todo por telefone, e usamos o nosso dia de folga para ficarmos juntos. Às vezes eu vou para São Paulo, às vezes ele vem para cá.

— Como essa distância está sendo para vocês?

— É horrível não poder ficar junto dele o tempo todo. A gente sabe o quanto nossa carreira exige. O mais inteligente seria fazer como a Thai e a Ester, que namoram pessoas com carreiras normais. Músicos e jogadores de futebol não sabem o que é trabalhar oito horas por dia e desligar o celular ao sair do serviço. É ruim se o seu parceiro mora em outro Estado, mas piora se ele viver em outro continente. — Lançou-me um olhar conhecedor.

— O que você quer dizer com isso?

— Sei que conversou com as meninas sobre relacionamento, principalmente com a Bia. Sim, o relacionamento dela é tão corrido quanto o meu. A vantagem é que ela e Alex têm residência fixa aqui. Se você está tentando entender se o seu britânico é um bom investimento, ouça a minha experiência com Igor. — Ela apoiou os cotovelos sobre a perna, inclinando-se para frente. — Olhar a pessoa que você ama, por uma tela, às vezes é uma merda. Sexo virtual é furada, muito perigoso no mundo de hoje. Voltar para casa e ter a cama vazia é uma bosta. Agendar um jantar com semanas de antecedência é horrível. Ter de entrar em um avião para dar uns beijos na boca é o pior empata-foda que eu já vi.

— Meu Deus.

Nós duas rimos, e Rai esticou a mão para segurar a minha.

— Mas eu não seria capaz de largar o Igor, nem se me oferecessem dinheiro. Sabemos que vamos precisar de ajustes, mudar de cidade seria bom, repensar agendas... O tanto que o sorriso dele me faz bem e a voz dele me acalma compensam todo o sofrimento. E se for a coisa certa para você e o seu *boy*, você vai saber.

— Ele não é o meu *boy* de verdade.

— Ainda. Mas vai ser. Ninguém se despenca de outro país, nem fala como fala com você nas videochamadas que escutei, se não está sentindo algo diferente no coração. Ele vai vir, vocês vão se beijar, brincar de casinha, e Finn nunca mais vai querer ir embora daqui.

— Acho que esse seria o mundo ideal.

— É, amiga, mas em algum momento vocês precisarão voltar para a realidade. Aí você vai colocar na balança se todo esse amor vale a pena.

Vendo-me pensativa, ela se ergueu e se sentou no braço da minha poltrona, puxando-me em sua direção.

— Tenho medo de estar confundindo a nossa amizade com algo mais. De estar perdendo o sentido das palavras e dos gestos, pela diferença de idioma... Sei lá.

— Vai ficar tudo bem. Como bem disse a pensadora contemporânea Anitta, naquela música com o Silva: amiga, amar alguém a fundo é coisa séria de querer. Cuide de quem te quer e cuide de você.

— E fica tudo bem — cantarolei, lembrando-me da canção. — Fica, fica, fica tudo bem...

— Fica tudo bem — prosseguiu Raíssa, juntando-se à cantoria. — Fica, fica, fica tudo bem...

Décimo

I said, ohh, I'm drowning in the night. Oh when I'm like this you're the one I trust.

Eu disse: oh, estou me afogando na noite. Quando estou assim, você é o único em quem confio.

Blinding Lights - The Weeknd

17 de setembro de 2018…

Em Londres novamente. Últimos compromissos antes de estar a um braço de distância de você. Ansioso.

Em cinco dias, espero não estar a um braço de distância de você. Muito melhor estar envolvida em seus braços.

Estava encarando as últimas duas mensagens que troquei com Finnick, quando ouvi a voz de Roger pelo corredor.

— Poxa, eu juro que não quero incomodar, mas se a senhora me arrumar uma cerveja, é capaz de eu ficar de joelhos e beijar seus pés.

— Eu tenho uma vermelha em lata e uma garrafa verde, meu filho. Só não sei os nomes.

— A garrafa deve ser a Heineken — comentou uma voz feminina. Leila.

— Ou pode ser Stella. Eu bebo as duas. Obrigado, serei eternamente grato.

— Aceita uma também, filha?

— Não, senhora. Estou dirigindo.

— Um refrigerante?

— Qualquer um que a senhora tiver, eu aceito.

— Já trago. Podem entrar, a Paula está no quarto.

A regra aqui em casa era que, se a porta estivesse aberta, não era necessário bater, apenas se anunciar. Roger conhecia a regra, mas deu duas batidinhas.

— Aqui na sacada — avisei, ouvindo a passada dupla se aproximar.

— Ei — saudando-me, ele deixou um beijo em minha testa e acariciou minha barriga. — Você está bem?

Era de espantar o estado calamitoso em que eu me encontrava. Sentada em uma cadeira reclinável na varanda, vestia um top de academia e uma calcinha caleçon, daquelas que parecem uma cueca boxer masculina. Minha barriga de oito meses (quase nove) brilhava com o suor dos 38 graus que fazia no Rio de Janeiro. Já tinha passado o dia inteiro do lado de dentro e vim pegar um ar na varanda, pois me sentia sufocada e entediada. Repouso absoluto é um inferno.

— Estou pronta para essa criança nascer. Não aguento mais o que os hormônios fazem no meu corpo.

Rindo de leve, ele se sentou na cadeira ao meu lado. Leila apoiou-se no beiral.

— Passei para ver como você está e avisar que Ester e Rai já gravaram as faixas delas também. — Leila cruzou os braços antes de continuar: — Davi está em estúdio, com a Thainá, hoje. Bianca deve gravar em breve.

— Ele já concluiu minhas faixas? — perguntei, interessada.

— Disse que a primeira está quase pronta, mas alguém vai gravar em violino esta semana, para adicionar lá. Aí ele vai finalizar e enviar.

— Estou ansiosa para ouvir.

— Eu também. A segunda coisa que eu precisava discutir…

Ouvimos os passos da minha mãe, o que nos fez parar a conversa.

— Paula, vista uma roupa! — cobrou, entregando as bebidas dos dois. — Olha como você está recebendo os convidados!

— A Leila já me viu nua. O Roger já segurou meu cabelo para eu vomitar. Nenhum dos dois vai se incomodar com a minha vestimenta limitada.

Os dois riram, mas ela saiu resmungando que eu era um caso perdido.

— Enfim, a segunda coisa é a vinda do Finn — começou, meio reticente. — Recebemos uma ligação da equipe dele.

Fiquei sem entender. Era provável que ele tivesse avisado à equipe, mas o que iriam querer conosco? A viagem dele era em um período de férias, sem nenhuma ligação com a banda. Ele não tinha compromissos de trabalho. Em sua programação, apenas o nascimento da minha Lola e algumas noites jogando videogame comigo, enquanto esperávamos a neném dormir.

Alguns beijos na boca também pareciam inevitáveis, apesar de que tentarei resistir.

— Qual era o assunto? — incentivei.

— Parece que vão agendar algumas entrevistas do Finn, e queriam saber se podemos dar suporte.

— Ah — soltei, sem conseguir esconder a frustração por ver que ele não seria só meu.

— Não sei o que vocês programaram, mas só queria avisar que concordamos em apoiá-lo. Pedimos mais informações da viagem, para deixar um carro no aeroporto, providenciar segurança...

— Bruno vai buscá-lo no aeroporto.

— Bruno da Ester? — questionou, e eu assenti, concordando. — Que outros ajustes vocês fizeram, só para eu saber? Em que hotel ele vai ficar?

— Não fizemos ajustes — disse, ainda abalada com as mudanças de planos. — Combinamos de Bruno buscá-lo na chegada e levá-lo ao aeroporto quando retornasse. A meta era que ninguém soubesse da vinda dele. Finn vai se hospedar aqui em casa. Tudo que você falou é novidade para mim. Vou ter que ligar para ele e perguntar.

— Não vou correr atrás de nada, então. Vou deixar que me respondam primeiro, ou que você me dê notícias. Pode ser?

— Claro, Leilinha.

— Você está precisando de algo? Posso ajudar de alguma forma?

— Estou bem. Mas se você descobrir uma maneira de acelerar o parto, Roger prometeu que vai duplicar o seu salário.

— Não prometa coisas em meu nome — murmurou, por cima do gargalo.

— Vou fazer uma pesquisa. — Ela beijou minha testa, depois se virou para Roger. — Deixe-me ver se consigo outra dessa aí para você, chefe — sussurrou, indicando a cerveja. — Bom descanso. Qualquer coisa, me liguem.

— Sua vez — avisei, dando dois tapinhas no joelho dele.

— Minha vez de quê?

— De falar o que precisa dizer.

— Não tenho nada para falar. — Ele abriu os botões da camisa social. Por baixo, vestia uma regata. — Só que está um calor da porra neste Rio de Janeiro.

— Isso não posso negar. Mas achei que tivesse vindo aqui falar alguma coisa.

— Ah, eu vim. Jogar conversa fora. Tentar convencer você a me deixar usar a piscina...

— Amigo, você pode usar a piscina quando quiser. Eu só não vou seguir você, porque hoje estou me sentindo um bagaço.

— Obrigado, mas estou pensando se vale a pena voltar para casa molhado.

Nós dois rimos.

— Na nossa última festa, o namorado da Thainá deixou um shorts aí. Quer ver se serve?

Ele me olhou, um sorriso brotando lentamente.

— Depois dessa cerveja.

— Justo. Termine no seu tempo. Podemos fazer a parte de jogar conversa fora por enquanto.

— Claro, mas minha assessoria vetou alguns assuntos, ok?

— Sua assessoria? — perguntei, rindo. — Por acaso essa assessoria é a Li?

— Não, a Li é o assunto vetado. Eu mesmo sou a assessoria.

Sentei-me corretamente na cadeira, virando o corpo para ele em seguida. O relacionamento dos dois parecia caminhar muito bem, ambos aparentavam estar muito felizes. A banda conheceu Li no dia do meu chá de bebê. Se algo de errado tivesse acontecido e estragado meu casal perfeito…

— Você não pode se sentar na minha varanda, beber a minha cerveja, prometer usar a minha piscina e esperar que eu não vá querer saber o que está acontecendo, depois de falar algo assim. Qual o problema com a Alícia?

— Com a Alícia? — Ele riu, sentando-se mais confortavelmente.

Ouvimos passos no quarto novamente, e minha mãe entrou com um balde pequeno de gelo, contendo três garrafas de cerveja e uma de suco.

— É suco natural de acerola, filha. Trouxe para você.

Sorrindo, peguei a garrafa. Meu favorito.

— Alícia está bem. Perfeita. Esse é o problema.

— Ai, amigo… Não vou forçar, se você não quiser falar sobre o assunto, mas…

— Não é que eu não queira falar. Acho que, lá no fundo, eu até quero. Mas dói… e eu odeio sentir qualquer tipo de dor, principalmente as da alma.

— Meu Deus! — Encarei-o, perplexa. — Desde quando você é um poeta?

Sem motivo, Roger soltou uma gargalhada que quase o fez cuspir a cerveja que ingeriu.

— Vou mandar essa para Thainá incluir na gravação de hoje.

— Por favor, estamos perdendo um grande compositor.

Voltamos a gargalhar, mesmo quando perdeu a graça. Deixamos apenas que o riso tomasse conta do nosso corpo, nos permitisse aliviar. Ao nos acalmarmos, ele prosseguiu:

— Alícia é uma mulher incrível e não me merece, essa é a verdade. Eu sou homem, branco, privilegiado. Só faço cagada. E ontem caguei no pau, feio.

Dei um tapa forte no peito dele, que gemeu.

— Por ter feito merda com a Alícia. Agora que já descontei minha raiva em você, diga o que houve.

Ele suspirou e levou dois goles da cerveja para me dizer o que estava havendo.

— Peguei mais dois artistas agora, na pausa de vocês. Um está começando na indústria e precisa muito da minha dedicação, para ser honesto. O outro só está trocando de gerenciamento e tem uma carreira bem consolidada e organizada. De todo jeito, estou sendo mais cobrado e trabalhando além das minhas capacidades. Esqueci-me de comprar algo para ela pelo terceiro dia seguido. Ontem brigamos. Falei o que não devia.

— O que exatamente você falou?

— Para ela comprar a porra do inseticida e enfiar no meu cu, como ela tem feito com tudo nesta vida, já que só eu tomo no cu nesse relacionamento.

Respirei fundo, ainda o encarando. Virei a mão e dei outro tapa forte em seu peito.

— É um absurdo o tanto de palavrão que você acabou de adicionar a essa narrativa. E o tanto de ofensa a uma mulher que só queria matar uma barata em paz.

— Eu sei. Por isso eu disse que ela não me merece.

— Para de drama também. Larga essa cerveja, vai tomar um banho no quarto de hóspedes, passa na floricultura, compra as flores mais bonitas, fica de joelhos e pede desculpas. Relacionamento é um conjunto de erros e acertos. Você cometeu um erro sério, mas se arrependeu. Agora vá corrigi-lo.

— Com que propósito? Errar de novo?

— Errar menos. Errar pouco. Você sabe que ama aquela mulher. Eu sei que ela te ama. Aproveite que se apaixonou por alguém incrível, que mora na mesma cidade que você e ri das suas piadas horríveis. Qualquer coisa, é só deixá-la enfiar o dedo no seu cu, para provar que você estava certo, e os dois seguem…

Não consegui concluir a frase, pois dessa vez Roger cuspiu a cerveja.

— Puta que pariu, Paula. Por quê? Por que me fazer rir desse jeito? Pelo menos avisa, poxa.

— Anda, você não é mais bem-vindo na minha varanda. — Empurrei-o pelo ombro. — Vá tomar um banho no quarto de hóspedes, para tirar esse cheiro de álcool, e peça um Uber para casa. Foi por isso que você apareceu aqui sem nenhum assunto importante de trabalho, em vez de ir direto para casa?

— Foi. — Deu de ombros, se levantando. — Eu vou acompanhar alguns shows dos novos artistas, nesse fim de semana e no outro.

— Sobre isso… — comecei, ficando de pé na frente dele. — Se você sequer tentar trocar as Lolas por esses artistas novos, vou dar na sua cara com gosto.

— Pode dar. Prometo não julgar você. Mas não pretendo deixar minhas garotas favoritas nas mãos de mais ninguém.

— Isso inclui a Li, ok? Vá cuidar desse relacionamento, antes que ela vá parar nas mãos de outro homem mais capaz.

Roger estremeceu. Suspirando, ele deixou minha varanda e entrou no quarto.

— Quando eu pedir aquela mulher em casamento, você vai ser uma das madrinhas, e a pequena Lola vai levar as alianças — gritou, de dentro do quarto. — Mantenha a data reservada na agenda.

— Primeiro compre uma aliança com um diamante enorme, depois conversamos.

Com a sua partida, vi-me sozinha novamente. O bichinho da curiosidade me pegou e liguei para Finn. Não sabia o que ele estava fazendo, mas, se não pudesse atender, tudo bem.

A chamada demorou a ser atendida. Quando eu estava prestes a desligar, Finn apareceu no vídeo, com os ombros nus e o cabelo longo molhado.

— Oi, linda. Desculpa a demora. Tudo bem?

— Atrapalho?

— Você nunca atrapalha, sabe disso. — Ele enrolou uma toalha no cabelo. — Mas acabei de sair do banho, então vamos conversando enquanto me visto.

— Sem problemas. Como você está? Conseguiu descansar?

— Não, ainda não. Fomos para o escritório naquela hora que te mandei a mensagem, por isso nem respondi a sua, desculpa. Cheguei em casa há cinco minutos.

— Imagino... — Mordi a unha, sem saber como perguntar o que queria, e um pouco distraída pela gota de água descendo pela lateral do seu pescoço.

— Tenho notícias ruins sobre a reunião de hoje, por sinal — ele comentou, sem me encarar. Parecia vestir uma peça de roupa ou algo do tipo.

— Acho que sei o que é.

Ele franziu o rosto.

— Sabe? Como?

— Marcaram entrevistas para você enquanto estiver aqui. Leila, minha assistente, veio me perguntar se eu tinha alguma informação sobre isso, porque pediram para o nosso escritório te dar suporte enquanto estiver aqui, mas não deram detalhes.

Ele parou o que fazia, apoiando-se em algum lugar. Encarou-me com seriedade.

— Os filhos da puta não me deram nem cinco minutos para te contar. — Bufando, tirou a toalha dos cabelos e começou a passar o pente por eles. — Sinto muito, Paula. Fui encurralado. Queria que esses dias fossem só para nós dois, para ficarmos juntos e aproveitarmos, mas...

— Ei, não se desculpe — apressei-me em dizer. — Estou feliz por você vir, mesmo que tenha que te dividir. — Sorri, tentando tranquilizá-lo. — E estou feliz por ser com a minha equipe. Vamos fazer de tudo para que as coisas não vazem dessa vez.

— Ainda estou irritado com tudo, confesso. Vou me acalmar com o tempo.

— Sim, não vale se estressar. Teremos bastante tempo para passar um com o outro.

— Espero que sim, porque estou sonhando com isso há meses. — Um sorriso minúsculo brotou em seus lábios.

— Eu também. E agora está mais perto do que nunca.

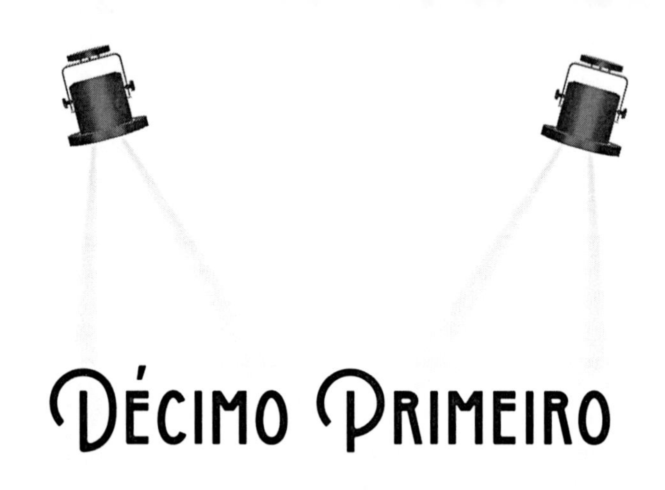

Décimo Primeiro

Os segundos vão passando lentamente, não tem hora pra chegar. Até quando te amando, te querendo? Coração quer te encontrar.
Amor perfeito - Babado Novo

22 de setembro de 2018...

— Deu para ouvir? — iniciou Finn, no segundo áudio da sequência. O primeiro era uma gravação da voz do comissário de bordo. — Eles estavam dando as instruções do voo em português. Acho que nunca viajei da Inglaterra direto para o Brasil. Enfim. Estou ansioso. Vejo você em onze horas e dez minutinhos. Cuide-se. Peça para a Lola me esperar.

Já era a quinta vez que eu ouvia aquele áudio, na última hora. Pensava em Finnick dentro do avião, finalmente se aproximando do nosso reencontro. Ainda havia muito, muito tempo para a sua chegada, mas eu esperava estar pronta.

Infelizmente, minha mãe precisou voltar para Juiz de Fora, para resolver algumas coisas com meu pai. Por outro lado, as quatro Lolas tiraram os últimos três dias para ficar na minha casa. Cuidando de mim, da sobrinha, fazendo música. Criando conteúdo para os fãs.

Eu tinha planejado uma cesariana. Toda a gravidez foi muito complicada, e eu queria a comodidade de um parto seguro, com data marcada. Esperar o momento em que a natureza resolveria expulsar a bebê de dentro de mim não era muito a minha praia. Eu queria descansar. Estar tranquila. Queria não ter de me esforçar nadinha para o nascimento.

Finn chegaria dois dias antes do parto, para que pudesse estar aqui. As meninas já haviam se programado para ir embora depois da festa de recepção dele. Não que fosse uma festa enorme, cheia de gente. Não. Apenas nós, os namorados delas, talvez Roger e Alícia. Algo pequeno, somente para que Finn conhecesse todo mundo. Eu sabia que ele chegaria exausto, e era importante que descansasse agora, porque a bebê viria em poucos dias e tiraria horas de sono de nós dois.

Avisei isso a ele uma vez. Que vir agora, para o nascimento da Lola, poderia ser ruim. Que eu não poderia sair de casa com ela, que estaria de resguardo. Que passaríamos mais tempo dentro de casa ou no pediatra, do que em qualquer outra coisa. Ele disse que não se importava. Que passava tanto tempo em hotéis e outras cidades, que ficar em casa era uma dádiva. Eu concordava em gênero, número e grau. Acordar e não precisar encher o rosto de maquiagem, ou colocar um salto alto, era o melhor presente possível.

Há dois dias, encontrei uma *fanfic* na internet, sobre nós dois. Era hilária, e contava toda uma teoria a partir das fotos nossas que saíram no dia em que nos conhecemos, no hospital. Acho que a parte que mais me divertia era que a teoria louca acertava em alguns pontos, mas errava feio em vários outros.

A *fanfic* começava com a gente se conhecendo aqui no Brasil. Finn estava passeando aqui na cidade, perto do Ano-Novo. Nós ficamos, fizemos um sexo bem criativo, pela narração da história. Depois, trocamos mensagens, até que descobri que estava grávida e só poderia ter sido dele. Com isso, fomos nos aproximando. Corta para Finn fazendo viagens em cima da hora, com seu jatinho, para me encontrar. Na história, desenvolvemos um relacionamento cheio de altos e baixos. Ainda não tinha lido tudo, e a autora continuava postando capítulos, mas faltavam poucas páginas para eu terminar. Estava pensando se deveria comentar sobre a história ou não. A fã provavelmente surtaria, o que seria legal de assistir.

Acessei o site para ver se havia um novo capítulo postado, o que não aconteceu. Decidi, então, seguir o perfil da autora nas redes sociais. O Twitter dela usava uma foto em que eu estava com a bochecha encostada no braço de Finn, com nossos cotovelos ligados. Era de quando saímos do hospital. Dois minutos depois de eu ter clicado para seguir o perfil, notificações começaram a pipocar, da menina surtando e dizendo que não conseguia acreditar que tinha ganhado meu *follow*.

Essa reação dos fãs era muito engraçada. Era bom ver felicidade genuína. Cliquei para responder uma das mensagens, mas bem na hora senti uma pontada estranha na minha barriga. Larguei o telefone na hora, nervosa. Eu já tinha sentido as tais contrações de Braxton Hicks há alguns dias. Se essas não fossem as contrações falsas, eram bem verdadeiras. Deviam significar que a hora da Lola vir ao mundo chegou. Como doutor Fábio explicou, era minha hora de ficar atenta aos intervalos.

Fiquei parada, esperando a dor passar. Era oito da manhã e não havia sons pela casa, o que provavelmente significava que minhas amigas estavam todas dormindo. Eu apenas sentia as dores, mas a bolsa não havia rompido, então não havia necessidade de surtar.

Peguei o telefone novamente e abri a conversa com Finn. Prometi que mandaria um áudio toda vez que, durante o voo, pensasse nele, que prometeu fazer o mesmo. Clicando para gravar, narrei, apressada:

— Ei, acabei de sentir uma pontada. Estou pensando se é a bebê. Tomara que não seja nada, porque você ainda tem umas nove horas de voo. Enfim. Mando mensagem se algo mudar.

Fiquei olhando para o teto, pensando se deveria levantar para orientar as meninas sobre o que fazer na casa, mas a preguiça não deixou. Acabei pegando no sono outra vez, mas não devo ter ficado nem quinze minutos com os olhos fechados, antes que outra contração me atingisse. Dessa vez, um gemido de dor me escapou. A luz do corredor estava acesa, e logo ouvi batidas à porta. Ester colocou a cabeça para dentro, em seguida.

— Tudo bem, amiga?

— Não sei… Segunda vez que sinto uma pontada na barriga. Acho que podem ser contrações.

— Será que são aquelas falsas que você teve esses dias?

— Hm, será que elas podem aparecer duas vezes assim?

Ester entrou de vez no quarto, caminhando até se sentar ao meu lado na cama.

— Quer ligar para o seu médico? Tirar a dúvida?

— Agora não. Deixa ver se continua.

— Tudo bem. — Suspirando, colocou uma mecha de cabelo para trás da minha orelha. — Estou fazendo o café. Bruno veio aqui na saída do trabalho e deixou pão fresquinho. Quer? Ainda tem um pouco de suco na geladeira.

— Vou descer para comer com você. Mal posso esperar para voltar a beber café preto quentinho, passado na chaleira.

Rindo, Ester ficou de pé.

— Uma xícara não deve fazer mal. Quer que eu sirva?

— Hoje não… Com essas dores, melhor evitar.

— Você está certa. Vou te esperar lá embaixo.

A porta se fechou, e eu busquei forças não sei de onde para me arrastar até o banheiro. Tomei um banho rápido e fiz parte da minha higiene. A pele do meu ventre parecia esticada ao máximo. Honestamente, sempre tive curiosidade de entender como seria para a barriga voltar ao normal. É a parte do filme que nunca mostram. Iria experimentar aquilo em primeira mão, acontecendo comigo mesma. E já previa um pouco de academia para voltar à forma física.

Uma das minhas metas era retornar ao trabalho logo que pudesse. Teria, é claro, de contratar uma babá para viajar comigo. Pretendia fazer tudo com a Lola, cuidar dela em todas as minhas atribuições, mas nos momentos em que eu estivesse no palco ou filmando alguma coisa, precisaria de alguém para cuidar dela. Não que fosse entrar em turnê no dia seguinte, ou me jogar em uma carreira desenfreada, como vivemos até aqui. Acho que todas concordamos que seria bom ter tempo extra para família, relacionamentos e projetos pessoais. Mas queria voltar para a estrada e mostrar que uma mulher pode fazer o que quiser, mesmo com uma bebê para criar.

Estava passando creme no corpo quando ouvi outra batida à porta. Era Raíssa dessa vez. Ela veio até mim e deixou um beijo na minha cabeça.

— Ester falou que você está sentindo contrações.

Sim. Outra no chuveiro.

— Tive a terceira há pouco.

— Precisamos começar a contar os intervalos. Quando soubermos isso, vamos ligar para o médico, ok? Saber as orientações.

— Quero que ela nasça por cesárea. Não quero ter a bebê agora.

— É, minha amiga, mas pode ser que você não tenha escolha. E não me sinto pronta para ser parteira, então seu médico precisa estar ciente.

— Ok. Eu aviso na próxima e marca…

Fui cortada por outra pontada. Raíssa olhou o relógio na minha mesa de cabeceira, mas parecia contar algo mentalmente.

— 33 segundos, às 8h47min da manhã. Vamos ficar bem ligadas para a próxima. Vou ficar aqui até você terminar de se vestir, ok? Assim desceremos juntas, e posso acompanhar se outra contração vier.

— Tomara que dê tempo de o Finn chegar. Ele queria tanto estar aqui para o nascimento!

Rindo, Raíssa se jogou na poltrona do quarto.

— Vou pedir ao Bruno para levá-lo direto ao hospital, para ver a filha nascer, se for o caso — prometeu, em tom de deboche.

— Cala a boca, vaca.

Ela me jogou um beijo, risonha. Logo terminei de me preparar e desci com ela para a cozinha. Thainá já estava à mesa, tomando um pouco de café. Bianca entrou pelo corredor em seguida, vestindo roupas esportivas. Provavelmente veio da corrida matinal.

— Thai pesquisou sobre as contrações. Parece que a gente tem de começar a marcar os intervalos para saber o momento de avisar o médico.

— Paula está sentindo contrações? — Bianca questionou, e eu apenas assenti, sentando-me à mesa ao lado de Thainá.

— Eu vou à rua, comprar algumas coisas para a recepção do Finn — avisou Thainá. — Porém, acho que não vamos fazer festa nenhuma. Vamos acabar virando a noite no hospital.

— Será? Tenho receio de serem aquelas falsas de novo — Ester comentou.

— Desta vez eu acho que é para valer. Sei lá. — Afaguei a barriga, sentindo no meu íntimo que a hora estava próxima.

— Eu marquei o horário no relógio lá de cima. 33 segundos, às 8h47min. Mas acho que a gente precisa escolher um relógio e ficar marcando nele, para não ter diferença, sabe? — avisou Raíssa.

— Ótimo. Na próxima, podemos ver no celular da Paula. Ela fica com ele o tempo inteiro, e quem estiver com ela na hora observa.

Mas nem precisamos esperar muito, porque dezoito minutos depois, quando ainda estávamos à mesa do café, outra contração surgiu. Segundo o site em que a Thai pesquisou, só é preciso avisar ao médico quando duas ou três contrações acontecem no intervalo de dez minutos. Mesmo assim, mandei uma mensagem de texto para o obstetra. Ele pediu que eu continuasse contando e que o mantivesse informado.

— Ok, vamos começar a pensar nas coisas que precisamos fazer hoje e dividir as tarefas. — Thainá puxou uma agenda da bolsa ao seu lado. — Podemos suspender a recepção do Finn? Faremos quando vocês retornarem do hospital.

— Por mim, tudo bem — concordei. — Com as contrações, não conseguiria aproveitar, de todo jeito.

— O que mais precisa ser feito? Não vou mais comprar as coisas da festa, mas ainda posso ir à rua, se necessário.

Montamos uma lista. A casa tinha quatro quartos. O meu, o da minha mãe, e os dois onde minhas amigas estavam hospedadas. O plano era que elas fossem embora após a chegada de Finn, então Ester e Bianca iriam preparar um dos quartos para ele. Raíssa se responsabilizou de verificar a bolsa da maternidade e todas as outras questões relacionadas à chegada da bebê, incluindo um segurança para nos acompanhar no hospital. Thainá ficou incumbida de comprar tudo o que as meninas precisavam e de ajudar Gracinha — que chegou bem no meio da nossa conversa — com o que houvesse a ser feito de limpeza na casa.

Eu me sentei no quarto com Raíssa, ajudando-a a pensar no que ainda precisava concluir. Não havia muito a ser resolvido, felizmente, e estávamos com tudo pronto antes do meio-dia. Para o meu azar, enquanto eu engolia um pedaço de peito de frango, um líquido desceu por minhas pernas.

Adeus, líquido amniótico.

Tivemos apenas o tempo de terminar o almoço. O médico indicou que eu me preparasse para sair de casa, mesmo com as contrações espaçadas. Assim que ele terminou a ligação, a segunda contração em menos de dez minutos veio.

Enquanto minhas amigas Lolas surtavam, eu parei e observei. Não esperava aquilo. No começo da gravidez, não poderia imaginar ter as quatro ao meu lado, segurando minha mão, pegando a bolsa do hospital e me colocando dentro de um carro. Mas estava grata. Muito, muito grata.

Digitei uma mensagem para Finn, avisando que daria meu máximo para esperar por ele, mas que as dores poderiam me vencer a qualquer minuto. Ele estava na sétima hora de voo, e eu já tinha atualizado o site que monitorava o avião, várias vezes. Queria que pudéssemos dividir aquele momento. Queria que o seu rosto fosse um dos primeiros que a bebê visse. Mas, aparentemente, eu teria de fazer a bebê esperar por, no mínimo, quatro horas.

Não sei se eu seria capaz.

Thainá dirigiu até o hospital. Fui sentada no banco da frente, com as outras três matracas atrás.

— Alguém pode ligar para o Roger? — Lembrei-me de avisar as pessoas. — Preciso ligar para minha mã...

Não consegui terminar, porque uma contração me assolou.

— Meu Deus, o segurança… Alguém falou com ele? — Thainá perguntou, saindo do condomínio.

— Sim, estou em contato — revelou Rai. — Tinha avisado que precisaríamos dele e mandei uma mensagem há seis minutos.

— Eu vou ligar para o Bruno, avisar que ele precisa ficar atento ao Finn — disse Ester, levando o telefone à orelha.

— Estou ligando para a sua mãe — falou Bianca. — Oi! É a Bia…

As vozes começaram a se misturar, enquanto Raíssa passava recados para Thainá, e as outras duas conversavam ao telefone.

Respirei fundo, preparando-me para a maratona que teria à frente. Depois de vários, vários meses, minha garotinha finalmente viria ao mundo. Minhas amigas estavam ao meu lado, e nossa relação voltou a ser forte. Em breve eu teria minha mãe e meu pai comigo, além de Finn, que se tornou alguém tão querido em pouco tempo.

Lola Lins Freitas nasceu às 16h42min de 22 de setembro de 2018, um sábado ensolarado no Rio de Janeiro. O doutor Fábio chegou rapidamente para o nascimento. Convenceu-me de que o parto normal era seguro e de que Lola estava forte, pronta para sair por conta própria. Raíssa segurou minha mão e prometeu que ficaria tudo bem. Luíza segurou a outra, prometendo o mesmo. Quando vi, as cinco davam as mãos, transmitindo uma força enorme para mim.

A criança nasceu com um choro alto, trazendo alívio para todos os rostos no quarto. O momento em que peguei minha bebezinha no colo foi mágico e difícil de descrever. Bianca tirou uma foto, que mandamos para minha mãe e Finn.

Ali, naquele minuto, eu podia ver o sonho acontecendo à minha frente. Minha carreira, minha família. O amor pela minha filha, por um homem que parecia ser capaz de completar meu coração. Não imaginei, meses atrás, que isso seria tão verdadeiro. Que conseguiria realizar tantos planos e sonhos. Por isso, eu estava feliz. Estava grata. Alcancei mais do que idealizei, e havia muito mais no meu futuro.

Um futuro que eu estava mais do que pronta para viver.

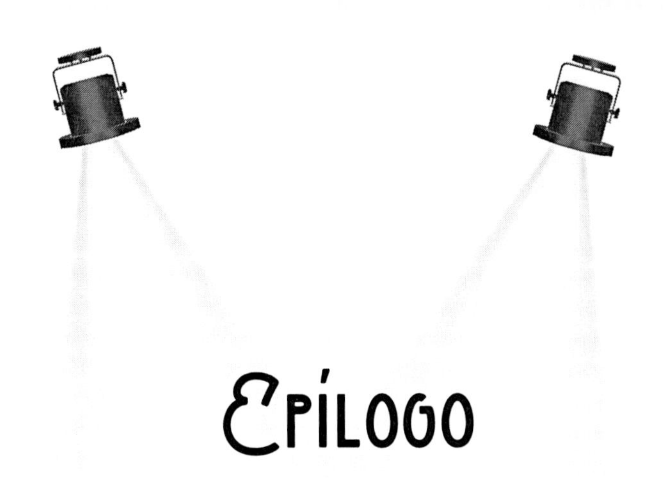

Epílogo

Lola

Oi, mundo. Meu nome é Lola.

Abri os olhos pela primeira vez e havia um montão de gente por perto. Uns moços e moças de roupa azul e máscara. Seis moças de mãos dadas com a outra moça que estava fazendo uma cara de dor. Eu não conhecia ninguém, não sabia o que eles queriam comigo, então chorei. Chorei com aquele mundo desconhecido que não era mais tão seguro quando a barriga da minha mãe.

Uma das moças de azul me levou até os braços da que estava com cara de dor. Ela chamou a moça de "mamãe" e falou para me pegar, a filha dela. Então imaginei que aquela era a *minha* mãe, que tinha me protegido e cuidado de mim enquanto eu me desenvolvia.

Minha mãe chorou também. Quando a vi chorar, decidi parar. Não queria que ela sofresse e talvez se eu não chorasse mais, ela também não choraria. Dito e feito. Eu sou mesmo uma gênia.

Olhei bem para o rosto da minha mãe e nossa! Ela era linda! Quando sorria então, todo o meu coraçãozinho parecia se preencher. E a mão dela era tão macia!

Mas aí um tempo depois a moça de azul me tirou do colo dela e me levou embora. Eu chorei de novo, afinal, queria ficar para sempre nos braços da mamãe. Mas a moça prometeu que me levaria de volta, que só ia fazer alguns exames. Então eu fiquei quietinha. Até dormi!

Meu primeiro dia de vida foi bem cheio. Fiz exames, tomei um banho gelaaado, conheci as outras moças que seguravam as mãos da mamãe — tias Thainá, Ester, Raíssa e Bianca, da banda, além da tia Luíza —, vovô e vovó, tio Roger, umas pessoas do hospital e vários outros. Mas o que foi mais legal de conhecer foi o Finn. Ninguém me disse se ele era meu tio também ou o que ele era da mamãe, mas ele me segurou com firmeza e ouvi seu coração bater com força. Gostei dele também.

Gostei de todos, mas gostei ainda mais de saber que eu tinha unido minhas tias. Que eu tinha feito a mamãe e o Finn se aproximarem. Que vovô e vovó estavam orgulhosos da própria filha e que me amavam. Que os amigos dela fizeram uma festa para receber a gente em casa.

Mas tudo isso era muito cansativo. Quando todos foram embora, decidi deixar a mamãe e o Finn dormirem, descansarem. Na minha cabeça, eu sabia que eles mereciam. Fechei os olhos e dormi por trinta minutos. Acordei me sentindo novinha em folha. Só precisava chamar a atenção de alguém, porque os dois estavam longe. Então abri a boca e chorei.

Vamos lá, mamãe! Eu tenho muita vida para viver! Nada de sonequinha!

Continua em Bomba-relógio...

A história das Lolas foi contada em cinco livros e terminou bem aqui. Daqui por diante, conheceremos os rapazes da *boyband* Age 17. Abaixo, confira os outros livros da série.

POR FAVOR - Livro #1: Thainá é uma jovem que sofre em um relacionamento mais do que abusivo com seu namorado Matheus. Ela esconde isso de todos ao seu redor, o que quase custa sua vida. No livro, você vai acompanhar as dores e sofrimentos dela em um caminho para voltar a amar a si mesma e reencontrar sua voz.

DONA DE MIM - Livro #2: No quesito relacionamento amoroso, Ester sabe bem o que quer e quem quer. Mas a segunda Lola passa por uma situação que também deixa marcas na sua vida: crises de ansiedade e Síndrome do Pânico se tornam sua realidade depois que ela presencia um crime.

NOS SEUS OLHOS - Livro #3: Bianca tem seu nome envolvido em diversas polêmicas e por conta delas sofre retaliações e cancelamentos. Ela é uma mulher que, além de ser apaixonada por música, tem o esporte como um hobby e o Bastião como seu time do coração.

PERDOA - Livro #4: Raíssa toma decisões que surpreendem toda a banda e que deixam muita mágoa pelo caminho, mas o seu lado da história é de muita dor e reflexão.

FICA TUDO BEM - Livro #5: Para finalizar, Paula nos conta sobre sua tão sonhada gravidez e o quanto os planos de ser mãe interferiram nos rumos da banda.

Bomba-Relógio

Série Lolas & Age 17 - Parte 6

1ª Edição

2021

Direção Editorial: Anastacia Cabo
Gerente Editorial: Solange Arten
Ilustração: Thalissa (Ghostalie)
Preparação de texto: Fernanda C. F de Jesus
Revisão final: Equipe The Gift Box
Arte de Capa e diagramação: Carol Dias

Esta é uma obra de ficção. Nomes, personagens, lugares e acontecimentos descritos são produtos da imaginação da autora. Qualquer semelhança com nomes, datas ou acontecimentos reais é mera coincidência.

Este livro segue as regras da Nova Ortografia da Língua Portuguesa.

CIP-BRASIL. CATALOGAÇÃO NA PUBLICAÇÃO
SINDICATO NACIONAL DOS EDITORES DE LIVROS, RJ
Camila Donis Hartmann - Bibliotecária - CRB-7/6472

D531f

Dias, Carol
Fica tudo bem ; Bomba-relógio / Carol Dias. - 1. ed. - Rio de Janeiro : The Gift Box, 2021.
140 p.

ISBN 978-65-5636-076-8

1. Ficção brasileira. I. Título.

21-70756 CDD: 869.3
CDU: 82-3(81)

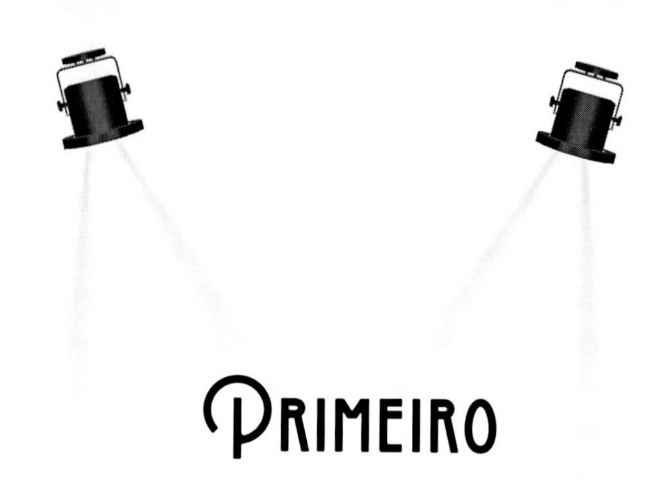

Primeiro

E quando um certo alguém desperta o sentimento, é melhor não resistir e se entregar.
Um certo alguém - Lulu Santos

22 de setembro de 2018.

O tédio ultrapassou todos os meus limites.

Acredito que essa seja a primeira vez na minha vida que vou enfrentar um voo tão longo sozinho. Geralmente estou com a banda em viagens assim, ou pelo menos com alguém da produção. Onze horas e dez minutos era o tempo programado para a minha viagem. Em Londres já era meio da manhã, mas eu tinha ajustado o celular para mostrar dois relógios, um deles no Brasil. Claro, seria uma boa justificativa dizer que fiz isso por conta da viagem, mas a verdade era outra: fiz por causa dela.

É claro que eu conhecia as Lolas. No ano em que minha banda, a Age 17, venceu o *reality show Sing, UK*, elas cantaram na final. O programa foi idealizado por uma brasileira casada com um britânico. Juntos, conseguiram vender o formato para os dois países. O Brasil desenvolveu primeiro, o Reino Unido esperou um ano para ver se funcionava.

Fomos os campeões naquela noite e, apesar de tê-las visto no palco, não tivemos oportunidade de nos encontrarmos. No decorrer dos anos, ambos os grupos cresceram; deixamos de ser menores de idade, mas não surgiu a oportunidade de ficarmos frente a frente. Até que gravamos uma música com Raíssa, uma das integrantes, e fizemos o mesmo festival que elas no Brasil.

A imagem da minha entrada na sala, a primeira visão que tive de Paula Freitas... Não sei se um dia esquecerei. Elas faziam aquecimento vocal e cantavam uma música em português. Eu não entendia a letra, mas fui tocado pela emoção na voz dela. Entorpecido, só percebi que carregava um bebê em seu ventre quando nos cumprimentamos. Meu olhar ficou preso no seu rosto, minha mente preenchida por seu cantar.

Saí de lá com a certeza de que estava ferrado. Não sabia exatamente em que nível, de que maneira. Não acredito que tenha sido amor à primeira vista, ou algo nesse sentido. Mas todas as vontades que eu tive lá me mostraram que Paula era um problema que eu teria que resolver. Um problema que há anos não aparecia no meu caminho.

Segui os compromissos da banda, mas só conseguia pensar nela. Minha mente parecia viciada, após ter experimentado poucos minutos na sua presença.

Quis o destino que nos encontrássemos no hospital. Minha assessoria tem pavor de qualquer boato de doença ou outra situação que possa manchar a imagem da Age 17. Eles nem consideraram a possibilidade de começar um rumor de relacionamento com Paula, ao ser fotografado saindo de lá junto com ela. E ainda bem, porque tive a honra de conhecê-la, conversar com ela e segurar em sua mão enquanto presenciava o milagre da vida. Da mesma forma que ouvir a voz daquela mulher me mudou, ouvir as batidas do coração da garotinha que ela carregava deixou marcas na minha memória. Após a viagem para o Brasil, toda a minha vida mudou.

Primeiro era uma forma de escapar. Escutar as dores e os problemas das Lolas e da gravidez de Paula me permitia fugir dos nossos próprios problemas internos. Depois, apeguei-me ao bom-humor e à leveza dela. Ao seu sotaque doce e olhar que acalenta. Pouco a pouco, comecei a necessitar inseri-la no meu dia a dia. Nas minhas rotinas. Nos momentos de paz.

É difícil assumir os sentimentos que desenvolvi quando estávamos tão separados, mas essa já é a realidade. Pretendia manter a boca fechada. Tentar, pelo menos.

Puxei o caderninho do bolso da mala. Sempre achei engraçados os filmes que mostravam as pessoas correndo no aeroporto, para encontrar a pessoa amada. Tudo parecia próximo e simples, porém não. Comecei a escrever em meu caderninho, algumas frases e pensamentos que circulavam na minha mente enquanto estava sentado ali.

Isso ajudou um pouco, fazendo os números do relógio no celular agilizarem. Quando percebi, meu voo estava sendo chamado para embarcar.

Minha família me convenceu a pagar pela primeira classe. Estava viajando sozinho para outro país, correndo o risco de ser reconhecido. Aceitei a sugestão deles, pois assim seria melhor. Ter mais espaço para relaxar nas longas onze horas no ar também ajudou na decisão. Por conta disso, fiz parte do grupo dos primeiros a entrar.

Logo que o funcionário da companhia aérea conferiu meus documentos e entrei no túnel, decidi tirar uma foto e enviar para Paula. Era por volta das seis da manhã no Brasil, o que me surpreendeu ao ver os dois tiques azuis aparecerem rapidamente na mensagem, antes mesmo de eu gravar um áudio.

— Sei que está cedo e não espero resposta, mas estou embarcando. Logo estarei aí para massagear os seus pés. Cuide-se e espere por mim.

Não demorou muito para que eu ouvisse sua voz sonolenta em um áudio.

— Mal consigo acreditar que esse dia chegou. Venha logo. Bom voo.

Acomodei-me e escondi o rosto para não ser reconhecido por outro passageiro que passasse ao lado. Dentro daquela uma hora, todos se acomodaram dentro do avião. Ao meu lado, um homem na casa dos quarenta anos se sentou, cumprimentou-me e ficou com o celular na mão por todo o tempo permitido, lendo e-mails. Sempre achei estranho ver pessoas preocupadas com sua caixa de entrada em voos longos. Assim, qual é o sentido de correr para respondê-los? E se pedirem para você desligar a internet bem na hora em que algo importante chegasse, e não houvesse tempo para carregar a mensagem? Vai ficar as onze horas de voo, sentado pensando no que estaria escrito? Era mais fácil simplesmente desapegar.

As únicas pessoas com quem falei, desde que cheguei ao aeroporto, foram dona Louise — minha mãe — e Paula. Minha progenitora, porque sabia que estaria preocupada comigo, sem seguranças por lá. Ela nunca foi muito fã de lugares cheios, porque disse que uma vez me perdeu em um parque de diversões. Fui encontrado, obviamente, mas o trauma dela permaneceu. Depois de viúva, sua aflição quanto ao meu estado cresceu. Então avisei que já estava perto do portão, em uma área até que bem vazia. Ela queria que eu tivesse vindo de boné e óculos escuros, mas não queria parecer tão suspeito, então estava apenas com o capuz levantado.

A voz na aeronave começou a dar os recados e se utilizou de dois idiomas: inglês e português. Eu já tinha ouvido o aviso em português, em vários voos que pegamos para o Brasil, mas parecia diferente naquele momento. Era minha primeira ida da Inglaterra direto para terras cariocas, e ouvir os mesmos funcionários pronunciando dois idiomas começou a despertar coisas em mim. Além de ter enviado uma última mensagem para Paula, comentando sobre o caso, ainda comecei a pensar que aquilo poderia estar no meu futuro. Apesar de ela saber exatamente como se comunicar comigo, estar no Brasil, entre os amigos e familiares dela, poderia ser um desafio linguístico. E se eu precisasse fazer uma reserva em um restaurante, pedir uma pizza ou comprar pão na padaria? As pessoas entenderiam o inglês?

Eu sabia que o meu idioma era falado em todo o globo. Todas as vezes que fomos ao Brasil, havia funcionários que conversavam conosco em nossa língua. Não passamos nenhum perrengue quanto a isso. Mas, se eu tinha planos de tornar minha relação com a Paula permanente, seja uma conexão amorosa ou amigável, eu deveria começar a me preocupar. E se o pai dela não falasse inglês? A mãe? Como eu conseguiria a aprovação dos dois?

O voo foi muito, muito longo. Ao meu lado, o homem não pronunciou muitas palavras. Nossos assentos de primeira classe eram afastados e possuíam bastante espaço para as pernas, o que quase dava a sensação de estar sozinho, mas seria bom falar algo com alguém. Vi filmes, ouvi música, li um livro... Ele, por outro lado, abriu o notebook — quando nos foi permitido — e ficou trabalhando.

Viciados em trabalho. Pobres homens.

A sorte da minha vida foi ter sido músico. Se eu precisasse usar terno e gravata para trabalhar todos os dias, sem tempo para descansar, acho que teria desistido. Há muito tempo.

Mas, voltando. Quando nossa primeira refeição foi servida, virei-me na direção dele e vi o que estava escrito na logo de uma página no seu computador: "le-arn", aprender, em inglês. Embaixo da palavra, ainda estava escrito "*english* - português - *español*", o que, mesmo não conhecendo os dois outros idiomas com afinco, consegui deduzir quais eram. Tive espanhol na escola, o que ajudou. Será que ele trabalhava em uma escola de idiomas?

— Droga — ele resmungou, em português.

Olhei para a barra da minha calça, molhada com líquido preto do copo que ele segurava.

Ele e a aeromoça trocaram algumas palavras em português. Ela lhe ofereceu alguns guardanapos.

— Senhor, está tudo bem? Sua calça molhou? — ela me questionou, em um inglês com sotaque do Norte.

— Não se preocupe, não molhou muito.

— Posso servir sua refeição?

Ela me entregou com destreza, sem nenhum líquido sendo derramado. Ao se afastar, o homem ao meu lado se virou para mim, pela primeira vez desde que decolamos.

— Mesmo que tenha dito que não foi nada, peço desculpas pela calça — começou, em inglês. Havia um pouco de sotaque em sua fala, mas não sei bem de onde. — Foi uma total falta de atenção minha.

Fiquei feliz por ele ter dito algo. Como não estava prestando atenção, ficaria me remoendo até o fim da vida, se tinha sido ele ou a aeromoça quem derrubou o líquido.

— Não foi nada mesmo. Tranquilo, cara.

Começamos a comer, e aproveitei aquela abertura para saber mais sobre o trabalho dele.

— Sem querer me intrometer, mas... você trabalha em um curso de idiomas?

Virou-se para mim, estudando-me. Acenou em seguida.

— Sim… — Ele me estendeu a mão. — Meu nome é Rômulo Alves, sou gerente de marketing da "le-arn".

— Finnick — disse, simplesmente, apertando a mão dele. — Como… como funciona? — indaguei, genuinamente curioso.

— É um curso digital, ao redor do mundo. Ensinamos três idiomas por enquanto: português, inglês e espanhol.

Ah. Acho que tenho interesse.

— Português para…

— A maior parte dos nossos alunos de português é falante de línguas românicas: espanhol, italiano, francês… mas temos professores que ensinam para falantes de inglês, também. Você quer aprender português?

— É… Acabei de pensar no assunto. Tem essa garota… Ela é brasileira, estou indo visitá-la. Ela fala inglês, mas fiquei me perguntando se…

— Eu entendo. Muitos dos nossos alunos de português começam por motivos pessoais assim. Amigos, cônjuges, pessoas com laços afetivos. — Ele se esticou e pegou um panfleto dentro da bolsa do notebook. Lá escreveu algo. — Esse é o panfleto da escola, aqui tem várias informações que podem ser úteis. Deixei meu telefone e e-mail anotados, caso você precise. Quanto tempo pretende ficar no Brasil?

— Dez dias. Queria ficar mais, porém o trabalho não permite.

— É, sei bem. O trabalho, às vezes, manda na gente. — Suspirou. — Já estou há seis meses na Inglaterra, longe da minha família no Brasil. Era para ter ficado um mês, mas as coisas foram acontecendo e simplesmente não consegui voltar. Vou ficar fora do escritório nos primeiros dias, mas pode me ligar na quinta-feira, se quiser. Eu te apresento um bom professor.

— Ótimo. Esses primeiros dias devem ser um pouco agitados.

— Imagino… Essa garota… — deixou no ar.

— Ainda não. — Eu sabia ao que ele se referia. — Mas espero que sim. É complicado.

— Muito. Deve ser por isso que ainda não me amarrei.

Seguimos uma conversa cordial pelo resto do voo. Foi muito bom poder falar com alguém. Conversamos sobre o trabalho dele e acabei

confessando quem era. É sempre bom quando alguém não me reconhece, porque posso manter um diálogo sem a pessoa se "deslumbrar com a fama". Depois de um tempo, ficou claro que ele não fazia ideia de quem era a Age 17 e que não faria mal revelar que sou músico, que tenho fãs ao redor do mundo e milhões de seguidores. Depois de tanto tempo falando sobre tudo, o voo pareceu encurtar, e o momento da descida chegou, finalmente.

Por ele ser brasileiro, tomamos rumos diferentes do lado de fora do avião. Tive de passar pela imigração, que é sempre um processo bem mais demorado do que para quem é nativo. Liguei o celular novamente e, com o chip internacional que tinha comprado, comecei a receber mensagens, ainda na fila. Havia algumas de Paula, que abri prontamente.

— *Ei, acabei de sentir uma pontada. Estou pensando se é a bebê. Tomara que não seja nada, porque você ainda tem umas nove horas de voo. Enfim. Mando mensagem se algo mudar.*

A primeira foi logo nas minhas horas iniciais no céu. Meu coração começou a acelerar com o pensamento de Lola ter nascido. Ignorei os outros áudios e parti para as mensagens escritas, que seriam mais rápidas de serem lidas. Havia uma, por volta das 13h, dizendo que ela estava indo para o hospital. Meu relógio marcava 18h32min quando vi, o que deixou bem claro para mim que a bebê já deveria ter nascido. O aplicativo marcava que ela não ficava online desde as três da tarde. Saí da conversa e procurei o número de Bruno, que tinha anotado na agenda. Ele era namorado de Ester, uma das Lolas, e foi escolhido para me buscar no aeroporto. O plano, no começo, era que Paula estivesse lá quando eu chegasse, mas o avançar da gravidez tornou impossível. Ainda bem que reorganizamos tudo.

Avisei a ele que já tinha pousado e que esperava na imigração. Ele me respondeu imediatamente, dizendo que estava me esperando no saguão do aeroporto. Em seguida mandou uma foto, dizendo que Paula tinha pedido para ele me enviar. Nem precisei esperar carregar antes de saber o que era. Lola Freitas era a criança mais fofa do mundo, e conseguiu me arrancar algumas lágrimas bem no meio da fila. Puxei o capuz do casaco e enfiei a cara no celular outra vez, tentando vê-la de perto. Diferentes emoções e sentimentos me tomaram, mas eu me segurei o máximo que pude. Estava no meio do aeroporto ainda, afinal de contas. Precisava manter certa discrição. Mas a verdade era que mal podia esperar para pegar aquela bebê nos braços.

A imigração foi mais rápida do que eu esperava, e minha mala já estava na esteira quando cheguei. Eu tinha duas: uma de mão, e a outra um pouco menor. Por mim, teria feito tudo caber em uma só, mas minha mãe insistiu que eu deveria levar várias coisas e mandou "lembrancinhas" para Paula e

a bebê. Elas nunca se viram, nunca se falaram, mas acho que minha mãe já a considera parte da família.

Do lado de fora, havia uma multidão de gente, mas Bruno era alto e tinha o porte largo, então foi fácil vê-lo. Caminhei até ele, apressado, sem conseguir me conter. Mal podia esperar para vê-la. Para vê-las.

Segundo

Isn't she pretty? Truly the angel's best. Boy, I'm so happy, we have been heaven blessed.

Ela não é linda? Verdadeiramente a melhor entre os anjos. Cara, estou tão feliz, nós fomos abençoados pelos céus.

Isn't she lovely - Stevie Wonder

22 de setembro de 2018.

Vi ao longe o hospital, mas Bruno parou em um sinal de trânsito. Todo o meu corpo estava engraçado, sentindo coisas estranhas. Uma mistura de ansiedade com outros sentimentos, um formigamento na mão e nas pernas.

Era louco estar no Brasil, prestes a rever Paula, depois de todo aquele tempo. Depois de toda a espera. E era louco que a primeira vez que eu fosse vê-la seja no hospital, após o nascimento da sua filha.

— Seguinte, o hospital não tem estacionamento, então vou voltar e deixar o carro no centro comercial aqui ao lado. Mas vou parar lá na porta, e o Roger, que é o responsável pelas garotas, não sei se você o conhece, vai estar te esperando. Precisa de alguma coisa da sua mala agora?

Pensei por um minuto, mas achei que só precisaria do celular e da carteira com dinheiro e documentos.

— Não, acho que não vou precisar de nada... Não quer que eu vá com você, deixar o carro?

— Não, fica de boa. É aqui perto. — O sinal abriu. — Quer comer alguma coisa? Sei que comida de avião é uma droga.

A da primeira classe não é, mas preferi não comentar e parecer mesquinho.

— Agradeço, cara, mas estou sem fome no momento. Acho que só cabe ansiedade dentro de mim agora.

Ele riu, acenando e pegando o recuo para entrar no hospital.

— Acho que se Ester estivesse grávida e eu fosse conhecer a nossa filha, estaria assim também. Que loucura.

— E a filha nem é minha, o que não faz sentido nenhum…

Bruno deu de ombros e parou o carro ao lado de um homem que reconheci da nossa última vinda.

— Algumas coisas não fazem sentido mesmo, parceiro. Desisti de tentar explicar o coração e essas merdas.

Minha porta foi aberta por Roger. Estiquei a mão para Bruno, batendo na dele em um cumprimento.

— Valeu pela carona, cara.

— De boa. Daqui a pouco volto aí.

Desci do carro, cuja porta foi rapidamente fechada por Roger. Ele me estendeu a mão também, para um cumprimento.

— Seja bem-vindo a terras cariocas, Finn.

— Obrigado, Roger. — Sorri, puxando a mão de volta.

— Como foi a viagem? Tudo bem no voo? — Acenou com a cabeça para entrarmos.

— Foi longa. — Puxei o capuz novamente, torcendo para não haver fãs dentro do hospital. Estava nervoso demais para ser Finn Mitchel no momento. Queria ser apenas Finnick. — Mas tudo bem.

— Ótimo. Vamos levar você até a mamãe do ano, primeiro. Ela está esperando ansiosamente.

— Como foi o parto? Acho que a pior parte da viagem foi não ter podido ajudar em nada.

— Não consegui estar aqui também. Quando cheguei, Lola já tinha nascido, mas as amigas de Paula estavam com ela, estão todas muito emocionadas. — Ele acenou para a recepcionista, que lhe devolveu um sorriso, e seguimos para um elevador. — Mas não quero contar tudo, porque tenho certeza de que ela está ansiosa para dizer a você. Saiba apenas que mãe e bebê estão bem, graças a Deus.

— Isso é um alívio. Sei o quanto essa gravidez era importante para ela.

Não demorou muito até que estivéssemos na porta do quarto. Antes mesmo que chegássemos à maçaneta, ela se abriu, revelando risadas e cinco mulheres, que saíram de lá em fila.

— Finn, seja bem-vindo! — Raíssa disse, radiante. Era bom vê-la assim. — Não vamos segurar você aqui. Paula está esperando lá dentro.

— Oi, moças! Conversamos mais tarde?

Todas concordaram e dei-lhes um aceno, entrando no quarto. Esperei que Roger viesse comigo, o que não aconteceu. Ele mesmo fechou a porta e me vi sozinho com ela, tantos meses depois.

Seu rosto, seu sorriso… Paula parecia a mesma e, ao mesmo tempo, muito diferente. Talvez por não carregar mais o peso de estar grávida no meio de toda a confusão, talvez por eu ter me acostumado a vê-la através

da tela do celular. Não sei. Mas não demorei muito tempo observando seus traços, porque poderia fazer isso depois. Aproximei-me, um pouco incerto.

Deveria abraçá-la? Segurar sua mão? Beijar seu rosto? Eu sequer podia fazer isso?

— Ei — sussurrou, quando parei ao seu lado. Acabando com as minhas dúvidas, ela estendeu a mão para o meu rosto. — Sente-se aqui na cama, pertinho de mim.

Fiz o que ela pediu, imediatamente. Segurei sua mão em meu rosto, mas também toquei o dela com a minha. Era bom estar em contato assim. Acho que nem mesmo na única vez em que nos encontramos nosso toque tinha tanto conhecimento, tanta intimidade. Éramos pessoas diferentes agora.

— Oi, Paula.

O sorriso dela se abriu outra vez, os olhos brilhando.

— Quem diria que eu teria a honra de segurar minha filha nos braços e tocar no seu rosto, no mesmo dia?

Feliz, beijei a palma da mão dela. Abaixei o rosto até meus lábios tocarem sua testa. Em seguida, beijei a ponta do nariz e a bochecha. Havia outro lugar que desejava encostar, mas teria que ficar para outro momento.

— Como você está? Como foi?

Lágrimas encheram seus olhos outra vez, mas de pura felicidade.

— Foi algo tão forte, Finn. Nunca vou me esquecer. As Lolas estavam comigo, Luíza também. Conseguiram me convencer de que o melhor era o parto normal. Nós nos demos as mãos, enquanto eu empurrava. — Sequei as lágrimas fujonas, aproveitando para tocar seu rosto, deslizar o dedo pelos seus lábios. — Não sei se já experimentei um sentimento tão forte.

— E como ela é?

— Você viu a foto? Bruno mostrou?

— Sim. Ele me mandou enquanto eu estava na fila da imigração, e chorei feito um bebê.

Rindo, acomodou-se melhor na cama.

— Ela é a coisa mais linda do mundo, mas chegou chorando. Acho que vai ser uma criança escandalosa. Eles a trarão em breve para eu ficar com ela. — Paula tirou sua mão do meu rosto e segurou a minha. — Você fica aqui com a gente?

Assenti, incapaz de negar qualquer coisa a ela.

— Vou ficar ao seu lado pelos próximos dias, o máximo que você deixar.

Exceto nos momentos em que a minha carreira, infelizmente, vier atrapalhar, pensei, mas não disse.

— Eu aviso quando precisar ir ao banheiro. Nesses momentos, você

fica segurando a Lola. Em todos os outros, está convidado a ficar comigo.

Percebi que ela tinha deixado certo momento de fora, mas optei por não comentar também.

— Você vai enjoar de mim, eu já disse.

— De jeito nenhum. Mas como foi seu voo?

Continuamos conversando por alguns minutos, mudando entre os assuntos. Ela disse que as amigas combinaram de deixar o quarto quando souberam que eu estava chegando, foram todas babar na sobrinha, porque era assim que consideravam a pequena Lola. A conversa inteira só me deixou mais ansioso para conhecer a neném, que não demorou muito para chegar também.

Uma enfermeira a trouxe para que Paula aprendesse a dar banho. Ela me disse que, logo na primeira hora, aconteceu a amamentação, e elas tiveram alguns momentos juntas, assim como a banda e amigos. Seus pais chegaram e puderam conhecê-la também. Então Paula foi tomar um banho, e eles a levaram para fazer exames e outras coisas. Já era mais de oito da noite, então agora Lola ficaria mais tempo ali.

Quando a enfermeira pisou no quarto, meus olhos foram automaticamente capturados para o pacotinho que ela carregava. Fiquei congelado, sem saber como me portar ou agir. Paula conversou com a enfermeira, em português, e apontou para mim.

— Quer pegar Lola no colo?

Meu peito se inflou na mesma hora. Enquanto vi Paula ficar completamente sentada, senti a enfermeira se aproximar. Ela colocou com suavidade a bebê no meu colo, e eu não sei nem dizer o que me aconteceu. A mulher se afastou, mas o calor da Paula chegou às minhas costas, junto de sua mão, acariciando o pacotinho em meus braços.

— Ela é tão, tão linda! — decretei.

Era a maior verdade do meu coração. Com carinha de joelho ou não, a perfeição emanava de seus poros. Vi uma gota pingar no cobertorzinho dela, que logo notei ser uma lágrima minha.

A enfermeira disse mais alguma coisa que eu, obviamente, não entendi. Paula colocou o queixo no meu ombro e sussurrou, baixinho:

— Não quero atrapalhar o seu momento, mas a enfermeira precisa dar o banho dela. Depois de cheirosinha, vamos ficar com ela no colo.

Assenti, precisando secar o rosto, de todo jeito. Esperei que ela tirasse Lola dos meus braços, mas apenas ficou de pé ao meu lado. Sem entender o que conversava com a enfermeira e sem querer atrapalhar, fiquei encarando a preciosidade que tinha a cabecinha apoiada em meu peito.

— A enfermeira disse que a gente pode filmar — comentou, pouco depois. — Você pode fazer isso para mim?

Um pouco relutante, entreguei a menina a ela e puxei o celular do bolso na mesma hora, posicionando-me onde não incomodasse. A enfermeira começou a estender toalhas sobre a cama e foi conversando com Paula. Ela colocou Lola no centro delas, mesmo que houvesse uma banheira ao lado, e foi envolvendo-a em uma. Paula explicou que primeiro lavariam a cabeça e o rosto, com a menina envolvida daquele jeito e com a ajuda de algodão. Era importante fazer daquela forma, para que a bebê não tivesse alteração de temperatura.

O passo a passo foi longo, mas nada escapou da minha filmagem. A forma como deveria limpar o rosto, enrolar a bebê, passar algodão, cotonete... Minha memória fotográfica estava funcionando a todo vapor. Mas nada me impactou tanto quanto o choro. Bastou a ponta do pé tocar na água, para que os gritos tomassem conta de todo o quarto. Talvez, até mesmo dos corredores da maternidade. Como Paula tinha dito, a menina seria escandalosa.

Depois daquilo que pareceu uma tortura, outro momento que prendeu meu coração foi logo ao final, enquanto Paula limpava o umbigo de Lola com um cotonete, e, involuntariamente, a bebê agarrou o dedão dela. Aquele gesto acabou comigo. Era como se, mesmo tão pequena, ela soubesse exatamente a quem deveria se apegar.

Droga, achei que eu era forte, mas aparentemente sou uma manteiga derretida que chora em todos os momentos.

Enquanto eu secava as lágrimas e filmava com uma das mãos, tentando não tremer a imagem, a enfermeira começou a vesti-la e a limpar o ouvidinho. Tudo parecia tão pequeno...

— Você sabe que vai ter de me ajudar no banho quando ela for para casa, não sabe?

Minha cabeça deu um *bug*, e parecia que meu cérebro tinha derretido. Eu? Segurar aquela coisa tão pequena e fazer todas as coisas que a enfermeira fez?

— Ainda bem que eu filmei — desabafei.

Ouvi um barulho à porta. A enfermeira tinha acabado de sair do quarto,

após pedir que Paula amamentasse Lola. O indicado era que ela fizesse isso a cada duas ou três horas.

— Será que alguém chegou? — sussurrou, com medo de assustar a filha. A mais nova mamãe usava sempre um tom mais baixo quando a bebê estava por perto.

Levantei-me e fui até a porta. Porém, ao colocar a mão na maçaneta, me dei conta de que poderia ser alguém que não entenderia o que eu falo. Com a porta escancarada, vi Roger com um casal mais velho. Os traços não enganavam: eles eram familiares da Paula.

— Ei, Finn. Estes são Marcos e Elis, os pais da Paula.

O senhor e a senhora Freitas. Meu Deus.

— Hi-Oi — soltei, português e inglês duelando na minha mente.

— Oi, meu filho — a senhora Freitas cumprimentou, em inglês. — Marcos não fala o seu idioma, mas minha filha falou muito sobre você. Podemos entrar?

Pelo amor de Deus, eu estava feito um poste na porta, impedindo que os dois passassem.

Saí do caminho, deixando-os entrarem.

— Venha dar uma volta comigo, Finn — chamou Roger.

Concordei imediatamente, sem querer ser o responsável por atrapalhar o momento em que os avós estariam com a neta.

Andamos pelos corredores, eu com meu capuz por cima da cabeça, e os olhos focados no chão. Não queria ser visto.

— Eles têm uma lanchonete boa aqui no hospital — comentou. — Imagino que você não tenha comido nada desde que desceu do avião.

— Não comi... Agora que você falou, essa é uma boa ideia.

Viramos em um corredor, de onde era possível ver uma área aberta. Logo vi a lanchonete que ele indicou, bem no meio do pátio, com mesas espalhadas ao redor e um guarda-sol sobre cada uma.

— O que você quer? Pode ser um salgado? — questionou, ao nos aproximarmos.

— Sim... O que você indica?

— Já provou coxinha? — Ao me ver negar, prosseguiu: — É uma massa com recheio de frango. Prove. Se não gostar, eu como a sua.

Concordei. Ele pediu duas, além de um refrigerante, depois nos sentamos a uma das mesas.

Eu sabia por que ele tinha me afastado do quarto, e não tinha a ver apenas com o fato de os pais da Paula terem chegado. Então resolvi me adiantar.

— Pode perguntar o que você precisa perguntar. — Mordi um pedaço do salgado.

Puta que pariu. Comida brasileira é um negócio sem precedentes mesmo.

— Não é uma pergunta. É só um aviso.

— Manda ver.

— As Lolas... — Ele fez uma pausa, buscando as palavras. — Elas não são apenas o grupo que eu cuido. Cada uma delas é muito importante, e eu tenho uma relação próxima com todas. O último ano foi uma montanha-russa de acontecimentos. Sei o quanto sua amizade com a Paula foi importante para ela atravessar todos os problemas que teve. Estou aqui apenas para dizer que pode contar comigo no que precisar, enquanto Paula estiver feliz. Mesmo que minha relação com todas seja próxima, considero-a minha irmã. Farei de tudo por vocês dois. De tudo. Mas, se a machucar...

— Eu não pretendo — decretei, terminando de engolir outra porção. — Há muitos contras em qualquer relação que nós dois desenvolvermos, mas eu não sou um deles. Se depender de mim, Paula vai ser a mulher mais feliz e realizada do mundo.

— Estou contando com isso.

23 de setembro de 2018.

— Espera. Me deixa abrir a porta.

Fechei a porta de trás do carro e passei a alça da bolsa pelo ombro. Caminhei apressado para chegar antes de Paula, que carregava a pequena Lola nos braços. A porta de casa estava aberta, apenas encostada, então entrei, segurando-a para ela. Era possível ouvir vozes pela casa, mas não entendi nada.

Não compreender o que estava sendo falado era uma crescente nas últimas vinte e quatro horas da minha vida.

— O quartinho da Lola é lá em cima, mas eu vou ficar com ela em um quarto de hóspedes aqui embaixo, para evitar subir escadas. Vamos deixar as coisas lá. Na volta, a gente fa…

— Oi! — cumprimentou Luíza, uma das amigas da Paula, vindo da direita. Pelo menos essas duas letras eu já sabia o que era.

As duas conversaram por alguns minutos, até que Paula se virou para mim.

— Por favor, vai com a Lu levar a Lola para o quarto. — Enquanto uma puxava a bolsa do meu ombro, a outra deixava a criança no meu colo. — Vou ver o pessoal no jardim. A Lu vai ficar com ela enquanto a gente almoça. Ensina como segurar direitinho e colocar no berço?

— Volto para cá depois?

— Ela vai te mostrar onde os outros estão. Aí a gente conversa.

Assentindo, nós nos separamos. Luíza foi me guiando pela casa, mostrando o andar de baixo, indicando alguns cômodos. Mostrou o de cima, todos os quartos, para que eu conhecesse, o que foi bom, já que imaginei que precisaria subir várias vezes no período de resguardo da Paula.

O primeiro dia de vida da bebê tinha sido tumultuado. Tão tumultuado que eu nem mesmo tive coragem de deixar o quarto das duas na maternidade, o que me fez contabilizar 36 horas sem banho e boa cama. Mas eu não me arrependia de nada, porque estava sendo incrível ficar com elas.

— Como foi dirigir até aqui? — perguntou Luíza, abrindo a porta do quarto para mim.

O ambiente era tranquilo e delicado. Um quarto que, claramente, havia sido decorado por uma pessoa caprichosa, já que havia toques pessoais e detalhes feitos à mão, como estrelas nas paredes, e o cheiro agradável de sabonete de bebê.

— Foi tudo bem. Eu já tinha dirigido pela esquerda antes, é uma questão de se acostumar.

— Nunca tive de dirigir pela direita. Acho que faria muita merda antes de andar bem.

— Ah, na minha primeira vez também foi horrível.

Parados ao lado do berço, passei a menina a ela, mostrando onde apoiar a mão e em que partes ficar atento. Logo Luíza colocou Lola no berço. Fiquei parado lá, admirando-a. A ideia era que a levássemos para os amigos de Paula verem, mas ela dormiu no carro.

— Obrigada, Finn. Vou ficar aqui, já pode descer. Os garotos assaram carne para vocês comerem ao chegar. Juro que vamos todos embora assim que almoçarem, para vocês descansarem.

— Hm, acho que nunca comi churrasco brasileiro feito em casa, apenas em restaurantes — comentei, afastando-me do berço, mesmo que relutante.

— Esse está mais gostoso do que o esperado, porque foi feito por um gaúcho.

— Gaúcho?

— Ah, desculpa. — Rindo, Luíza explicou: — Gaúcho é aquele que nasceu no Rio Grande do Sul, um Estado no sul do Brasil. Eles têm a fama de fazerem o melhor churrasco do país.

— Bom, vamos provar, né? E se precisar de mim, é só chamar.

Rapidamente cheguei ao quintal da casa, onde os amigos de Paula se espalhavam. Ela estava sentada em um sofá para dois, com um lugar vago. Parei ao seu lado.

— Ei, tudo certo lá em cima. Quer que eu pegue algo para você comer?

— Agora não, senta aqui comigo — pediu, batendo no espaço ao seu lado. — Eles estão terminando mais uma rodada de carne e vão nos chamar. — Larguei-me ali com ela. — Tínhamos planejado uma festinha para recepcionar você ontem — revelou, encostando a cabeça no meu ombro. — Mas a Lola se apressou e passou na sua frente.

— Ela pode fazer o que quiser. O mundo é dessa criança.

— Verdade. Acho que meu mundo se resume a ela. É normal eu estar longe por cinco minutos e sentir falta de tê-la em meus braços? — questionou, soando melancólica.

Eu entendia o que ela queria dizer. Apesar de muito feliz por estar ao lado de Paula, acho que meu coração queria voltar para o momento, no hospital, em que a enfermeira saiu do quarto com a banheira e outras coisas, deixando nós três sozinhos. Paula se sentara na cama, com a menina no colo, convidando-me para me aproximar dela. Passei um braço por seu ombro e toquei o rostinho de Lola com o outro. Meu coração batia acelerado naquele dia, querendo assumir para o mundo algo que eu não tinha coragem de dizer. Algo que eu não tinha coragem de reivindicar.

Pelo menos, não agora.

— Também estou sentindo a falta dela. — Beijei seus cabelos. — Mais tarde a gente entra e fica babando naquela coisinha pequena; a noite toda, se for preciso.

— Vou comprar uma capa antibaba para a minha filha, porque andamos tão babões que acho que vai se formar uma piscina ao redor dela, se ficar muito tempo com a gente.

Rindo, apertei o ombro dela, concordando com o plano. Logo Alex, o tal gaúcho do grupo, avisou que já havia carne pronta. Paula se levantou, levando-me pela mão com ela. Então foi explicando as comidas disponíveis, que eram comuns em churrascos brasileiros. Sugeriu os pratos que eu gostaria de comer, o que eu deveria experimentar. Nós nos sentamos em uma mesa no jardim, onde todos os outros amigos estavam. Passamos algumas horas ali, comendo, conversando e bebendo. Foi bem bacana, porque todos os amigos dela tentaram conversar comigo em inglês. Uns sabiam mais, outros menos, mas todos se esforçaram. Mas eu me senti o errado, porque tive que mudar toda a rotina daquele grupo. Lembrei-me do cartão de visitas dentro da carteira. Definitivamente, encontraria um tempo para conversar com o homem do avião.

Observando Paula, vi que sua bateria começou a baixar. Queria dizer a todos para saírem, deixarem-na descansar, mas não sabia como. Até porque Paula parecia feliz de ter todos ao seu redor. Voltamos para o sofá em algum momento, bem mais confortável do que as cadeiras do almoço. Puxei suas pernas sobre as minhas e tirei as sandálias rasteiras, massageando os pés. Paula sorriu, e vi o agradecimento nos seus olhos. Por fim, acho que não só eu percebi, como também Thainá. Tocando o joelho da amiga, perguntou:

— Vocês estão cansados, né? Poxa, Finn não saiu do hospital, veio direto do aeroporto. Você também, amiga. Deve estar morta. Hora de irmos embora.

— Não, amiga. É bom ter vocês aqui.

— Podemos voltar amanhã, ou outro dia. Você deveria descansar.

— É verdade, Paula... Seus olhos estão lutando para não se fecharem.

Como se ouvisse nossa conversa, Luíza apareceu na janela, com Lola no colo, acenando para nós.

— Eu vou lá... — Tirando as pernas do meu colo, Paula se impulsionou para levantar.

— Finn, vai com ela — pediu a amiga. — Eu vou convencer o povo a deixar vocês dois.

Assentindo, segui o mesmo caminho que Paula tinha feito, levando suas sandálias nas mãos. Convenci-a a ficar no andar de baixo, que eu traria a menina, para que não fizesse esforço de subir escada. Lá em cima, Luíza me avisou que Lola acordou e estava chorando. Como a bolsa da bebê ainda estava montada, pegamos e levamos para o quarto de baixo. Lu se afastou, e mãe e filha se abraçaram novamente.

Poltrona, tevê, cômoda e cama — com uma espécie de berço acoplado — eram os únicos móveis do quarto. Ela pegou a menina no colo, falando baixinho com a filha.

— Deve ser fome. — Suspirou. — Vou dar de mamar.

— Precisa que eu faça alguma coisa?

— Acho que estou bem. Vamos ver.

Deixei que ela amamentasse e fui olhar a cômoda. Havia coisas tanto de Paula quanto da bebê. Encontrei um lugar para a bolsa da maternidade, em um dos cantos. Não sabia muito bem o que fazer, mas tentei me manter ocupado, para não atrapalhar. Lola não quis mamar, e Paula colocou a menina na cama; quando a soltou, ela começou a chorar novamente.

— O que houve, bebê? — Pegando-a novamente, a olhava com o rosto em dúvida.

— A fralda?

Concordando, ela a depositou sobre a cômoda, pois a fralda estava

mesmo cheia. Ajudei como podia, porque observei algumas trocas durante o dia de ontem, mas não fiz nenhuma. Ver e fazer eram coisas bem diferentes! Então decidi que era o momento ideal de dizer a ela algo que eu estava pensando desde cedo.

— Quando eles forem embora, se você quiser, eu também posso ir. Sei que quer descansar. Posso ficar em um hotel por alguns dias, até vocês se acostumarem.

— De jeito nenhum! — decretou, virando-se para mim. — Meus pais foram embora hoje de manhã, porque precisam resolver as coisas lá na nossa cidade. As Lolas já saíram daqui de casa. Estou contando com você nos próximos dias, tanto para me ajudar com a bebê quanto para ser minha companhia adulta. — E deixando a filha lá, ela se aproximou de mim e segurou minha mão. — E não quero ficar longe de você, sendo que nosso tempo é contado.

Minhas mãos deslizaram para segurar ambos os cotovelos. As dela se apoiaram na minha cintura.

— Também não quero ficar longe de você, mas não quero atrapalhar.

— Não vai atrapalhar nada. Mal posso esperar para ficarmos sozinhos. Temos tanto para conversar!

Deixei meus lábios tocarem sua testa. Eu queria mais que conversar com ela, o que deixava meu corpo fervilhando.

— Vou ficar, não se preocupe. — Afastando-me, olhei em seus olhos. — Olha, termine aqui de fazer o que estava fazendo. Vou lá ver se seus amigos estão mesmo indo, se alguém precisa de algo. Depois volto.

Enquanto ela terminava de cuidar da bebê, deixei o quarto, querendo expulsar todo mundo da casa — mesmo sabendo não ser o certo.

Terceiro

Promete aproveitar cada segundo desse tempo que já passa tão veloz. Me lembro quando você chegou nesse mundo sorrindo aos poucos quando ouvia a minha voz.
Promete – Ana Vilela

23 de setembro de 2018.

Fechei o portão para o último carro, bem quando Paula parou à porta com a bebê nos braços.

— Todo mundo saiu? — perguntou, quando cheguei na sua frente.

— Saiu. E essa bebê? Já dormiu?

— Parece que está quase. Vou colocá-la no berço.

— Como você está? — perguntei, tocando seu braço. — O que quer fazer?

— Acho que deveríamos tentar descansar um pouco. Nenhum de nós dormiu muito desde ontem.

— Seu quarto lá em cima tem banheira? Vou preparar um banho para você.

Um sorriso deslizou pelos seus lábios.

— Sério? Você faria isso?

— Considere feito. — Beijei a testa dela. — Eu te chamo lá no quarto de baixo.

— Já levaram você pela casa? Apresentaram os lugares?

— Luíza fez o *tour* hoje cedo.

Deixando-a sozinha lá embaixo, subi até o quarto dela, ligando a banheira e procurando pelo que eu poderia colocar ali: encontrei espuma e sais de banho. Esperei até encher para colocar tudo. Regulei a iluminação do banheiro, até deixar o cômodo à meia-luz. Fui buscá-la no quarto da Lola, mas dessa vez era ela quem estava dormindo. Tirei a bebê do seu colo, levando-a para o berço. Isso a fez despertar.

— Ei, seu banho está pronto. Vamos subir. Relaxa um pouquinho. Vou ficar aqui com ela, não precisa ter pressa.

Caminhamos até a escada e, decidido a não deixar Paula se esforçar, peguei-a no colo. Ela até tentou reclamar e dizer que poderia subir devagar, mas fui firme. Desci novamente para trazer a bebê comigo. A enfermeira tinha orientado a, nos primeiros dias, não deixar a criança sozinha por muito tempo; se possível, que dormisse no quarto com a mãe. Coloquei a menina no bebê conforto que usamos para vir do hospital e alguém trouxe para dentro, procurando um lugar no quarto onde poderia deixá-la. Cansado de tanto subir e descer, olhei ao meu redor. O ambiente era bem decorado, com uma cama aparentemente confortável, televisão e um guarda-roupa. Havia outros móveis, porém fui incapaz de absorver todos de uma vez. Em um dos cantos, vi uma mesa de escritório vazia e deixei o bebê conforto ali, acreditando ser o melhor lugar.

Com a situação da bebê resolvida, fui adiantar minhas coisas. Abri a mala, tirando uma calça de moletom, uma cueca e uma camiseta. Vestiria tudo em breve. Guardei algumas coisas no guarda-roupa, ponderando se deixar a bebê no quarto enquanto eu tomava uma rápida chuveirada era uma boa ideia. Decidi que sim, e deixei a porta aberta para ouvir melhor se houvesse algum choro.

Entrei para um banho ligeiro, mas, depois de tantas emoções e atividades, meu corpo dolorido agradeceu a água batendo nas costas.

Lola ficou quieta o tempo inteiro, dormindo tranquilamente. Veremos quanto tempo duraria.

Depois de limpo, queria terminar de arrumar as coisas, mas não consegui. Só me arrastei até a cama, desmaiando. As mais de 36 horas sem dormir estavam cobrando seu preço. Acordei brevemente ao sentir um corpo se juntar ao meu, o que não durou muito tempo. Despertei novamente horas depois, com um choro vindo de algum lugar próximo. Meu braço estava doendo, e meu rosto, enfiado em um cabelo feminino.

Tinha mesmo que levantar para olhar a bebê?

Tentei tirar o braço sem despertar Paula, mas não foi possível.

— Ei. — Virou-se para mim, sorrindo. — Bom dia.

Fiquei preso no olhar dela. Sabia que devia fazer alguma coisa, levantar, mas fiquei preso. Não queria sair dali por motivo nenhum.

— Acho que o sol não nasceu ainda, para desejar bom-dia.

Rindo, ela esticou a mão para o meu rosto. Antes mesmo de dizer algo, ouvimos o choro outra vez.

— Sua filha acordou.

Ela se moveu, sentando-se na cama. Arrastando-se, foi até o canto do quarto. Acompanhei seus movimentos como um perseguidor. Aparentemente, era uma fralda suja, mas Lola não queria pegar no sono outra vez.

— Vou deixar você dormir mais um pouco.

Neguei com a cabeça, querendo senti-la perto de mim outra vez.

— Venham aqui. — Sentei-me na cama, com as costas contra a cabeceira. Paula se recostou ao meu lado. — Quero dormir ao seu lado de novo.

Puxei as duas em direção ao meu peito. Como explicar tudo o que eu estava sentindo? As atitudes que eu queria tomar? Eram várias primeiras vezes que eu estava vivendo naquele momento.

— Acho que dormiu — comentou, poucos minutos depois.

— Devolve para o cestinho e volta aqui.

— Boa ideia.

Lentamente, ela foi até lá. Na volta, não deixei que sentasse ao meu lado. Puxei-a para o meio das minhas pernas, envolvendo seu corpo, beijando sua nuca devagar.

— Oi — murmurei bem baixinho em seu ouvido, finalmente sentindo que tínhamos um momento nosso.

— Eu sonhei com isso — comentou, suspirando. — Sonhei em estar nos seus braços, sentindo o seu corpo no meu.

— Eu sonhei em beijar o seu pescoço. — Demonstrei, recebendo arrepios em sua pele como resposta. — Sonhei em tocar você — prossegui, passando a ponta do dedo por seu braço. — Sonhei que conversávamos baixinho, um no ouvido do outro.

Ela se esticou e colou a boca na minha orelha.

— Sonhos se tornam realidade.

Permanecemos ali, falando pouco e trocando carícias suaves, puras e inocentes. Começamos a construir uma troca inesperada, uma intimidade verdadeira. E eu nem sabia se estava pronto para isso.

— Nós dois deveríamos ficar mais confortáveis e descansar de novo, porque a bebê vai acordar outra vez em breve.

— Estou mais do que confortável. — Deitando a cabeça no meu ombro, ela fechou os olhos, serena. — Poderia ficar aqui pelo resto da vida.

— Eu também não me oporia.

— Você cuidou da minha filha, preparou um banho para mim, massageou meus pés... Olha, acho que não vou deixar você voltar para casa.

Sorrindo, sem conseguir evitar, deixei meu corpo deslizar pela cama, junto ao dela, colocando-nos em uma conchinha novamente.

— Acho que também não me oporia a isso.

24 de setembro de 2018.

— Sem gritar e sem xingar — pedi, assim que os rostos dos meus quatro melhores amigos apareceram na tela do celular. Apoiei-o na mesa da sala de jantar da Paula, enquanto ela tirava nossos pratos.

— Ei, cara, essa é a bebê? — Noah apontou para o meu peito.

— É, sim. — Sorrindo, vi que ela não tinha dormido ainda, então a tirei do seu conforto e virei-a na direção dos quatro babacas. — Lola, conheça os caras mais idiotas da Inglaterra. Rapazes, conheçam a bebê mais linda do mundo.

Um coro de "own" e "que fofura" foi ouvido do outro lado da tela. Quem diria que quatro homens feitos ficariam derretidos por uma criança, falando feito idiotas?

— Ligamos para saber se você chegou bem. Já faz dois dias que não responde mensagens — Owen comentou, logo que trouxe Lola para o meu peito novamente.

— Desculpem. Só respondi as mensagens da minha mãe, porque ela estava desesperada. Tudo tem sido muito intenso por aqui.

— Conseguiu chegar para o parto? — Mase perguntou.

— Não. Eu estava no voo. Mas aconteceu tanta coisa nas últimas 24 horas! Vocês não fazem ideia.

— Ela já falou papai? — Noah questionou.

— Claro que não, babaca. Não sei nem porque te respondo.

— Porque você me ama. E nada de falar a palavra com "b" perto da criança. Foi você quem disse que não deveríamos xingar.

Noah estava certo. Era um xingamento leve, mas eu não queria nem pensar no que aconteceria se a primeira palavra da criança fosse babaca. Precisamos ficar muito cautelosos com o que dizemos.

— Como Paula está?

— Bem. Foi lavar a louça do jantar.

— Que isso, mano! Você deixou uma recém-grávida lavar a louça? Você é um homem ou um rato? — reclamou Owen.

— Cara, eu fiz o jantar. Paula exigiu lavar a louça. Ela quer fazer as coisas, não passar o dia deitada na cama. E estou segurando a bebê.

— Sua mãe vai adorar saber que o filho dela é um imprestável que está explorando a namorada — provocou Mase.

Balancei a cabeça, sem acreditar que os quatro estavam conseguindo falar tanta bobagem em uma chamada de tão poucos minutos.

— Já que tocamos no assunto, abra seu coração — Noah começou. — Paula sabe que você compôs músicas para ela e que vive tendo sonhos eróticos em ônibus de turnê?

Esses filhos da puta.

Olhei por cima do ombro, conferindo se ela estava longe para ouvir.
— Não vou nem me dignar a responder. Se vocês não têm nada de útil para dizer, vou colocar a bebê no berço.
— Tudo bem, mas o que estamos dizendo tem um fundo de verdade, cara — Mase começou. — Você sabe o que sente por essa garota, sabe há muito tempo. Não deixe aquelas coisas que conversamos ficarem no caminho. São só dez dias. Aproveite cada um deles ficando nu.
— Nem se ele quisesse, idiota. — Owen deu um pescotapa nele. — A garota está de resguardo. Papo de um mês até voltar ao rala e rola.
— Meu Deus, o assunto só piora. — Neguei com a cabeça. Ouvi passos se aproximando e vi Paula entrar na sala novamente.
— Passa aqui a bebê para vocês conversarem à vontade — pediu, aproximando-se.
— Diga oi para os caras.
Ela se colocou ao meu lado e sorriu para os quatro.
— Olá, rapazes. — Acenou. — Como estão?
Eles a saudaram de volta, então Owen murmurou:
— Meu Deus, você é uma gata, mesmo depois de parir uma criança.
Paula riu, jogando a cabeça para trás.
— Obrigada, mas não é para tanto. Viram minha filha? Finn mostrou?
— Disseram que é a coisa mais fofa que eles já viram — comentei.
Poucos minutos depois, mais algumas palavras trocadas, ela pegou a bebê Lola e saiu de lá.
— Ok, não vou mais segurar você aqui — Noah comentou. — Com essa mulher e essa bebê em casa, ninguém merece ficar olhando para a cara de quatro idiotas. Só para você saber: saíram umas fotos suas no hospital. Não estamos dando muita atenção, mas a equipe está monitorando. Manteremos você avisado.
— Fotos como? Não vi nenhum *paparazzi*.
— Um fã — Luca disse, simplesmente.
— Tinha que ser… — Esfreguei o rosto.
— Se piorar a gente avisa — garantiu Owen. — Fica de boa e aproveita a família. Papai do ano.
Despedi-me dos quatro, sem conseguir tirar tudo aquilo da cabeça. Namorada. Bebê. Papai do ano.
Que loucura, meu Deus.

É menina! Paula Freitas, da girlband Lolas, deu à luz sua primeira filha

Indícios de que o pai da criança é um queridinho da realeza ficam cada vez mais fortes.

No sábado, 22 de setembro de 2018, a cantora Paula Freitas, integrante da *girlband* Lolas, que venceu a versão brasileira do Sing, UK, deu entrada em um hospital do Rio de Janeiro. De acordo com fontes, o bebê é uma menina e nasceu no fim da tarde.

Além da família, amigas próximas e integrantes da banda, o cantor Finn Mitchel, da *boyband* Age 17, foi visto na maternidade. Rumores apontam que os dois escondem o relacionamento há meses, e existe a possibilidade de ela ser a primeira filha do rapaz.

Até o momento, nem a cantora nem sua assessoria divulgaram o nascimento do bebê. Veja, abaixo, fotos do momento em que Finn foi visto nos corredores do hospital.

Nota oficial para veículos de imprensa

Paula Freitas e sua família anunciam o nascimento de sua filha, Lola Freitas. A cantora pede aos fãs e à imprensa que nesses primeiros dias respeitem sua privacidade. Em breve, Paula compartilhará mais detalhes sobre esse momento especial.

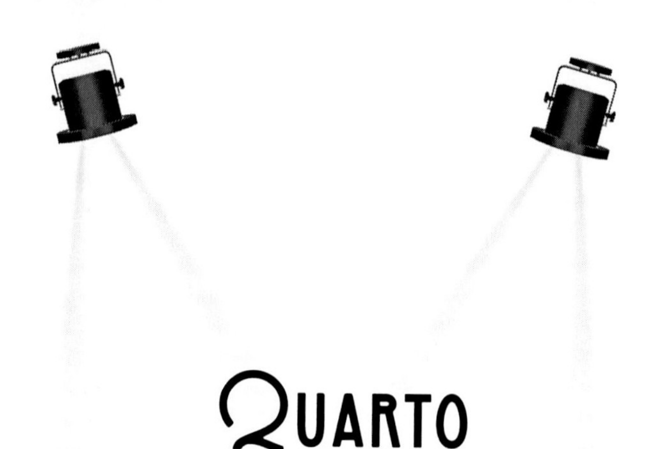

Quarto

Não olha assim pra mim que eu não sei segurar. Te conheço e já conheço essa maldade nesse olhar. Não olha assim pra mim que eu não sei segurar. Joga a mão pro céu que eu sei que hoje eu vou gritar e peço: oh, meu Deus, tende piedade de nós.
Se essa vida fosse um filme - Giulia Be

26 de setembro de 2018.

Acenei para Leila, enquanto o carro dela se afastava. Procurei as chaves que Paula tinha me dado antes de sair, hoje cedo. A equipe dela era incrível e conseguiu marcar todas as minhas entrevistas para um dia só: duas realizadas em uma emissora, as outras no prédio da gravadora. Foi bom porque não precisei me ausentar em vários dias; foi ruim porque me deixaram completamente exausto. Só o que eu queria era pegar as minhas garotas e deitar ao lado delas, com algum filme bobo na tevê.

Caminhando os poucos metros entre o portão e a entrada da casa, vi Paula sair com a bebê no colo. A menina chorava. Estava com o rosto cansado, mas creio que o meu fosse um espelho do dela no momento. Não dormimos por muitas horas, com o tanto de coisas acontecendo e Lola chorando.

Criar uma criança não seria fácil. Eu estava ajudando como podia, mas não daria para ficar ali para sempre. Para a nossa sorte, na segunda-feira a funcionária dela, Gracinha, chegou na casa e estava ajudando muito. Limpeza, comida, telefone... Nada disso ficava em nossas mãos. Conseguimos nos preocupar mais com a bebê, passar tempo juntos. Em resumo, esses foram os cinco melhores dias que tive nos últimos anos, superando várias realizações que tive com a Age.

— Oi. Foi tudo bem? — Paula perguntou, logo que cheguei perto dela.

— Sim, mas senti falta das minhas meninas. — Beijei seu rosto e o da pequena. — Estou apegado.

— Nós também.

— O que houve? Por que ela está chorando?

— Eu não sei. Achei que era fome, mas ela mamou e não parou de chorar. Achei que era a fralda, mas está limpa. Ainda não aprendi a decifrar os choros.

Olhei bem para a bebê, passando a mão em suas costas.

— Linda, você colocou *body* de manga comprida e meias na criança. Está fazendo 39 graus na sua cidade, eu passei por um termômetro e vi. Será que não é calor?

— Mas a médica disse que eu tinha que me preocupar com a temperatura dela na hora do banho. Achei que…

— Eu sei, linda. Foi só uma sugestão. Talvez tirar o *body* e as meias, colocar só uma blusinha?

— Você está certo. — Passou a mão pela cabeça da bebê. — Eu aqui de shorts e top, porém matando a menina de calor. — Afastando-se, entrou na casa. Fui atrás. — Está com fome?

— Um pouco, mas preciso de um banho antes.

— Vou pedir para a Gracinha fazer um sanduíche. Sobe lá, depois vem na cozinha.

Infelizmente, Gracinha não entendia uma palavra do que eu falava. Quando precisava conversar com ela, tinha de digitar no tradutor e mostrar a ela, ou ficar fazendo gestos. Estava mais do que decidido a entrar em contato com o homem do avião para começar a estudar português, já que esperava voltar a esta cidade muitas e muitas vezes no futuro.

Seria cansativo, a distância doeria, mas eu tinha que tentar. Ninguém nunca me fez querer tanto quanto Paula.

Ficamos sentados na cozinha depois do meu banho, conversando sobre os nossos dias. Lola usava uma blusinha e a fralda, e dava risadinhas enquanto a mãe beijava sua barriga. Gracinha se despediu para ir embora, e Paula pediu que eu ficasse com a bebê um pouco, enquanto ela fazia chamada de vídeo com a banda.

Caminhei para a sala, deitando no sofá e depositando a menina no peito. O sol estava se pondo e a iluminação da sala foi caindo, assim como a minha bateria. Mesmo com a televisão ligada, minha atenção se desfez com facilidade e eu dormi. Estava morto do longo dia.

Acordei com Lola se mexendo no meu peito. Paula já estava sentada em uma poltrona perto de mim, encarando o celular.

— Oi, bonito. — Erguendo-se, ela veio e se sentou em um espacinho no sofá. — Acho que você deveria descansar na cama.

— Só se você vier comigo.

E esse era um convite que eu dificilmente faria, mas com a Paula era diferente.

— Vamos, mas eu tenho que resolver umas coisas do trabalho, no celular.

— Tudo bem. — Minha mão deslizou pela coxa grossa. — Lola e eu ficaremos felizes só de ter você lá.

— Por falar em Lola e você — virou o celular para mim —, posso?

Era uma postagem no Instagram. Cerrei os olhos, vendo que a foto era minha. Dias atrás, Paula tinha ficado horas escolhendo uma imagem para mostrar ao mundo sua herdeira. Escreveu a legenda perfeita, o enquadramento certo. Não usou filtro nenhum. Postou e bateu o recorde do Instagram, de foto mais curtida em 24 horas.

Essa tinha sido feita agora, aparentemente. Meu rosto estava escondido pelo braço, e Lola repousava no meu peito. Era despretensiosa e linda.

— O que está escrito? — perguntei, pois a legenda veio em português.

— Encontre um homem que dorme com sua bebê enquanto você faz videochamadas com suas companheiras de banda — leu.

Achando a frase graciosa e em dúvida se alguém me reconheceria na foto, concordei. Logo que Paula postou, nós caminhamos até o quarto onde as duas ficavam. Eu me deitei assim que deixei a bebê no pequeno berço acoplado. Ele era muito útil, pois se encaixava ao lado da cama. Eu não teria pensado em comprar algo assim, mas foi uma ideia brilhante, já que a filha teria que dormir com ela nos primeiros dias. Ficamos com medo de acabar rolando por cima da menina, caso a deixássemos entre nós dois, então o berço era nossa melhor opção. Talvez não acontecesse quando ela dormisse sozinha, mas, desde que cheguei, não dormimos separados um do outro.

Paula ficou sentada, e encostei a cabeça ao lado da perna dela. Recebendo um cafuné, dormi em minutos. Meu celular tocava desesperadamente na mesinha do quarto, quando acordei. Ela estava de pé, andando até ele. Ao ver que eu tinha despertado, leu o nome na tela:

— Connor.

Franzindo o rosto, fiquei de pé e peguei o aparelho.

— Ei, Connor. Tudo bem?

— Não me venha com essa de tudo bem, Finn — cortou-me.

Suspirando, saí do quarto. A briga seria feia, e eu não queria que Paula ouvisse.

— O que eu fiz de errado? Cumpri a agenda de vocês, não falei sobre o assunto proibido…

— Essa porra dessa foto… É brincadeira, né?

Levei alguns segundos para lembrar que deveria ser sobre o post de Paula.

— Nem dá para ver que sou eu — argumentei.

— Não subestime os jornalistas e os fofoqueiros. A imagem *já* rodou a internet e eles *já* fizeram a conexão. Parece que você vai ser indicado à

premiação de pai do ano. Não vou lidar com esse lixo, Finn. Manda sua amiga apagar essa merda.

— Não vou mandar. Isso não é contra nenhuma regra.

— Ah, vai para o caralho, Finn. Você sabe o seu dever, o seu papel. Apaga essa foto, ou eu vou fazer a regra valer. Chega de brincar de casinha. Pega o próximo voo, porque temos que matar essa história de você ser pai. Esse tipo de postagem não ajuda em nada.

— Eu não vou voltar. Estou de férias. Sem compromissos na agenda. Posso passar os próximos cinco dias onde eu quiser.

— Pelo menos apaga essa droga, então. Se não apagar, vai se arrepender de desobedecer a duas ordens diretas do seu chefe. Seu filho da puta.

E com esse xingamento agradável, desliguei a chamada. Fiquei parado no corredor por alguns minutos, respirando fundo e tentando recuperar o controle emocional. Encostei a cabeça na parede, fazendo os exercícios de inspiração que ajudavam a me acalmar. Mãos passaram pela minha cintura, repousando no meu peito. Estava sem camisa, então senti bem o tecido do top e os seios esmagados nas minhas costas. Senti o beijo em meu ombro. Senti o sussurrar na minha nuca.

— Ficaram bravos pela foto?

Exalei, querendo fugir da conversa.

— Está em todo lugar na internet, e a mídia fez a conexão comigo, dizendo que estamos juntos e que posso ser o pai da sua filha — contei uma parte da história. Não era mentira, só não era toda a verdade.

— Eu posso apagar, se fizer algum efeito.

Virei-me em direção a ela, querendo olhar em seus olhos. Permanecemos com nossos corpos se tocando, minha mão direita em seu rosto.

— Eu não quero que apague, mas acho que preciso disso. Pelo menos por enquanto.

Séria, ela assentiu. Voltando para o quarto, sentou-se na cama e deletou. Fiquei ao lado dela e puxei-a para o meu colo.

Não conseguia me lembrar da última vez que fiz aquilo com uma garota. Que a segurei tão apertado, sem conseguir me conter. As dos videoclipes não contavam.

— Não quero podar você. Não quero que o que estamos construindo seja estragado pela minha equipe. Vou resolver isso quando voltar para a Inglaterra.

Sorrindo, ela colocou uma mecha do meu cabelo atrás da orelha. Passou os braços pelo meu pescoço, antes de sussurrar a milímetros dos meus lábios.

— E o que estamos construindo, Finn? O que você quer de mim?

Tudo? Sentimentos, sensações, físico, toque? Não sei. Como eu disse, Paula me faz querer.

— Com você eu quero tudo. Quero experimentar tudo. Há muitas vozes na minha cabeça dizendo não, mas só consigo distinguir as do sim. — Segurei seu queixo. — Só ouço as que me imploram para provar você. Para experimentar você.

— Então prove. Me experimente.

Criando coragem, não pensei duas vezes. Meus lábios tocaram os dela, juntos aos fogos de artifício no céu, ao eclipse lunar e aos trovões cortando a cidade. Nada aconteceu lá fora, mas aqui dentro, tudo. Era como explorar uma velha conhecida, ao mesmo tempo em que provava sua doçura.

Sem nem sentir, o beijo foi só evoluindo. Ela deitou meu corpo na cama, apoiando o seu sobre o meu. Seu decote volumoso tocava o meu peito. Desesperado, sem nem poder mandar nas minhas próprias ações, passei o braço com mais força pela cintura, prolongando o contato. A outra mão escorregou para cima, até envolver um dos seios. Lembrando-me de tê-la ouvido reclamar dos peitos doloridos, fui delicado, porque não queria piorar nada. As coisas começaram a ficar mais intensas, meu corpo respondendo como há anos não acontecia.

Mas, em algum momento, a consciência nos trouxe para o mundo real. O que era bom, já que meu pênis estava muito animado.

— Resguardo — soltou, junto com um suspiro. — Por quarenta dias.

Quem me dera aquele fosse o único motivo para eu parar!

— A sua boca é uma delícia. Eu poderia beijar você por um dia inteiro. Já estou viciado, já estava antes mesmo de te encontrar naquele hospital. Mas eu tenho vários poréns, várias coisas que preciso resolver. Com a minha equipe, comigo mesmo. Então acho que o resguardo é uma coisa boa. Vamos começar devagar.

Ela assentiu, sentando-se no meu colo novamente. Devia servir para acalmar minhas partes baixas, mas de nada adiantou. Piorou a situação, na verdade. Segurando-a pelas coxas, evitando que se movesse, fechei os olhos, obrigando minha mente a se acalmar.

Abri com o som da Lola acordando, soltando palavras impossíveis de entender.

Finnick, Finnick... Tendo esse tipo de pensamento, com uma recém-nascida no quarto? Controle-se, homem.

Quinto

We've come a long way from where we began.
Oh, I'll tell you all about it when I see you again.
Fizemos um longo caminho desde onde começamos.
Oh, eu te contarei tudo quando eu te ver de novo.
See You Again - Charlie Puth

2 de outubro de 2018.

— Vamos fazer uma pausa de meia hora.

Joguei-me exausto no sofá, um pouco frustrado também. Não era para eu estar aqui. Destravei o celular, na esperança de ver uma mensagem de Paula. Sem me decepcionar, lá estava.

Li, mas queria falar com ela, então perguntei se poderia ligar. Sua resposta veio com uma chamada de vídeo.

— Oi, minha linda! — Era bom ver seu rosto finalmente.

— Alguém quer dar oi, espera. — Ela virou a câmera, e uma Lola sorridente me encarou.

— Oi, minha princesa. Dando muito trabalho para a mamãe?

— Nossa, muito. — Ouvi a voz de Paula através do telefone. — Mas estou pegando o jeito. — Virou a câmera de volta.

— Você não sabe a falta que estou das duas.

— Também estamos com saudades. Roubaram três dias nossos. Mas tudo bem, faz parte da nossa vida — completou, apressada. — Era uma oportunidade importante, vamos ter a chance de passarmos mais tempo juntos em breve.

— Eu vou contar os dias para isso.

Paula se sentou em uma poltrona, parecendo relaxar. Eu queria acreditar, assim como ela, que essa tinha sido uma oportunidade irrecusável, mas não conseguia. No dia seguinte à foto que ela deletou, recebi outra ligação de Connor e uma passagem de avião no meu e-mail. Tive que voltar, porque era a gravação de um clipe com uma parceria que há muito queríamos.

Só achei estranho uma negociação ter dado certo assim, de uma hora para a outra.

Mas isso era algo que eu guardaria para mais tarde.

— Onde você está? No set?

— Não. Nós temos uma coreografia, estamos aprendendo. Vamos para o set amanhã.

— Eu amo o fato de que você faz parte de uma *boyband* que realmente dança. E dança muito.

Sorri, porque essa parte sempre foi meu desafio. No começo, eu era horrível dançando. Desengonçado. Demorava a aprender. Fiz horas exaustivas de aula para melhorar. Hoje, dançar já é parte de mim.

— Da próxima vez que nos encontrarmos, vamos ensaiar uma coreografia juntos.

Ela me encarou rindo, cheia de malícia.

— Da próxima vez que nos encontrarmos, será outro tipo de dança que eu vou querer com você.

Tenho certeza de que meu rosto ficou vermelho, o que era incontrolável para mim, dadas as circunstâncias.

— Eu também quero, Paula — admiti. — Quero tudo com você.

— Que bom ouvir isso de você, Finn, porque preciso ser sincera. Sou mãe. Tenho um trabalho superexigente. Moro em um país diferente do seu. Mas nunca senti por ninguém o que venho sentindo nos últimos meses. E estou disposta a tentar. Estou disposta a nos dar uma chance real. Fazer esforço para nos encontrarmos, reorganizar minha agenda por você. Desde que você queira. E que aceite o pacotinho que vem junto comigo.

Respirei fundo, querendo prometer largar tudo por ela, mesmo sabendo ser impossível.

— Paula, se estamos sendo sinceros quando falamos de sentimentos, estamos exatamente na mesma página. Quando falamos de…

Ouvi um estrondo. Assustado, deixei o celular cair. A voz preocupada de Paula saía pelos pequenos alto-falantes. Peguei o telefone para responder, mas gritos do lado de fora me desviaram o foco.

— Daqui a pouco eu ligo — falei alto, travando o celular e o colocando no bolso.

No corredor, um caos tinha se instalado. Estava muito quente, e as pessoas passavam correndo. Burro que sou, fiquei paralisado, tentando entender o que estava acontecendo, onde estava todo mundo. Por que estavam todos correndo. Sentindo as pessoas batendo em mim, obriguei meu corpo a se mover. Se ficasse parado, era provável que alguém me derrubasse e eu fosse pisoteado. Com o calor aumentando, peguei a esquerda, completamente desorientado do caminho. Abri uma porta, que achei ser

uma possível saída. Infelizmente, não era.

Olhando ao redor da sala, vi que à direita havia uma passagem para outro cômodo. De lá, fogo começava a se aproximar rapidamente. Preocupado, virei-me para abrir a porta atrás de mim e sair. Notei que a maçaneta era de ferro (ou algum material semelhante), então usei a blusa para tentar abrir. Para a minha sorte, a maçaneta saiu na minha mão.

Ouvi outro barulho preocupante e logo o fogo estava tomando boa parte da sala. Tentei me lembrar do que eu sabia sobre incêndios. Andar perto do chão. Cobrir o rosto com um pano molhado. Não segurar maçanetas sem proteção, sob o risco de queimar a mão.

Isso era tudo.

Havia uma janela do outro lado do quarto, mas estava no quinto andar do prédio e não queria correr o risco de ficar longe da porta. Tentei bater nela com o ombro, para abri-la, mas eu não era forte o suficiente.

Decidi tentar a janela. No caminho, vi um *pack* de garrafas d'água. Em lugares como aquele, com muitos músicos reunidos, pacotes desses ficam espalhados em todo canto. Da janela, vi os caminhões de bombeiros estacionando. Enxerguei o fogo se aproximando, mas optei por ficar ali o tanto de tempo possível até que alguém me visse. O barulho de algo caindo me assustou, então me afastei. A fumaça estava forte agora, o que me fez tossir. Escondi o rosto na camisa, tentando pensar direito no que fazer. Fui até a garrafa, tentando ficar perto. Ainda era o canto do cômodo mais longe do fogo. Fiquei abaixado e comecei a mexer em um gaveteiro, procurando algum pano. Achei uma toalha na terceira, imediatamente usando a água para molhar o tecido.

Não havia como sair pela porta, ninguém me viu pela janela. O fogo estava tomando conta de tudo e, em breve, chegaria até mim. Eu não tinha nada para fazer. Não sabia para onde ir. Que atitudes tomar. Como salvar a mim mesmo.

Parado ali, o pavor me tomou. E estava prestes a me dominar completamente.

Sexto

Sei lá, só queria você perto de mim. Sei que é difícil ter que aceitar. Essa saudade é muito ruim, muito ruim.

Te amar demais - Ludmilla

2 de outubro de 2018.

O fogo chegou à porta.

Pensei no caminho da janela novamente. Parecia ser minha única saída. Ainda não havia fogo lá, mas aparentava ser em breve. Tossi muito, a fumaça se infiltrando no meu peito. Decidido a caminhar até lá, abri uma garrafa d'água e derramei sobre mim. Molhei também o pano e o coloquei sobre o rosto.

Caminhei até a janela, abaixado. Então ouvi outro estalo, dessa vez vindo da janela. Vidro voou por todo lado, e abaixei o rosto, tentando não me cortar.

Como um anjo sagrado, água foi jogada de algum local lá fora, e minutos depois um bombeiro pulou para o lado de dentro. O jato continuava afastando as chamas, e o homem correu em minha direção. Fui até ele, cheio de adrenalina.

Em um minuto, eu estava olhando para um cômodo em chamas; em outro, estava descendo uma escada de incêndio. Ele me levou imediatamente para o prédio da frente, cujo saguão parecia um hospital de guerra. Não que eu já tivesse estado em um, mas era assim que eu imaginava. Pessoas agrupadas, bombeiros e paramédicos atendendo, indo de um lado para o outro. O bombeiro que me resgatou saiu, e fiz questão de olhar seu nome no uniforme: Wilson. Era um sobrenome, eu sabia daquilo. Tentei memorizar.

— Oi, tudo bem? — perguntou uma paramédica. Seu uniforme dizia Evans. — Consegue falar?

— Si… — Minha garganta arranhou e comecei a tossir.

— Ok, vamos cuidar disso.

Ela começou a me examinar e me deu algo para respirar. Depois, tirou a minha máscara e olhou minha garganta. Passaram-se alguns minutos, e, quando ela terminou, senti que minha garganta estava melhor, então tentei novamente.

— Meus amigos...

— Quem são seus amigos? Sabe os nomes?

— Noah… Mase… Owen...

— Ah, você é o cantor? — perguntou com um pequeno sorriso, enquanto eu assentia. — Finn, certo?

— Sou eu.

— Eu atendi seu amigo, Owen. Eles estão bem. Vou pedir para chamar. — Ela acionou o rádio preso no uniforme. — Estou com o cantor. Avise aos amigos. Aqui nos inaladores.

— Entendido, Evans — uma voz mecânica disse.

— Você vai ficar aí inalando, ok? Eu aviso quando parar. Não parece haver nada mais grave, então é provável que eu não vá levá-lo ao hospital. Amanhã, assim que a poeira baixar, procure o seu médico, ok? Ele vai fazer exames para garantir que está tudo bem com a sua voz. Qualquer coisa, peça para nos chamar.

— Puta que pariu, cara! — xingando, virei o rosto para ver Luca chegando. Ele me abraçou apertado. — Vo-você está-tá vivo.

— Estou, mano. — Devolvi o abraço, tirando a máscara rapidamente. — E você também.

— Finn, graças a Deus. A gente não conseguiu encontrar você.

Os outros caras se aproximaram, abraçando-me todos juntos. Segurando a máscara perto do rosto, mas sem tampar a boca, continuei falando:

— E vocês? Estão todos bem?

— Estávamos ao lado da saída de incêndio — começou Mase. — Quando soubemos do fogo, tiraram nós quatro imediatamente.

— E a Layla? — perguntei, mirando Owen.

— Teve uma queimadura leve, mas estão cuidando dela. Eu quis ver você para ter certeza de que está bem, agora vou voltar para ficar lá.

Owen e Layla eram o único casal oficial e assumido na banda, desde que começamos. Esperava mudar isso em breve, mas nem sabia por onde começar.

Pensar nisso me fez lembrar de Paula. Precisava falar com ela. Nossa ligação terminou de forma abrupta. Coloquei a mão no bolso, mas não senti o celular. Será que ele caiu em algum momento?

— Estou bem. Achei que fosse morrer, mas agora estou bem.

Os quatro me encararam, assustados.

— O-o que aconte-teceu? — Luca questionou, o pânico transparecendo em suas palavras.

— Eu saí da sala. — Afastei o respirador. — E o corredor estava lot... — Comecei a tossir muito.

— Ei, cantor — chamou a paramédica de mais cedo, atendendo um paciente próximo a mim. — Já falou demais. Coloca a máscara de novo, por favor — pediu.

Fiz o que ela mandou e fiquei quieto. Meus amigos pararam ao meu redor, conversando. Apenas Owen se afastou, após se certificar de que eu estava bem, para ficar com a namorada.

— Vocês precisam sair daqui — avisou Connor, surgindo do nada. — Alguém tirou foto e está nas redes sociais. Não quero essa dor de cabeça da mídia nas minhas costas. Andem.

— Finn está colocando oxigênio.

Só aí ele me olhou pela primeira vez.

— Pare de colocar. Quem foi que mandou você ficar nesse negócio?

— A paramédica Evans. — Apontei com a mão que estava na máscara, para onde ela atendia.

Ele foi até a mulher, gritando com ela. Acostumada com a falta de educação, Evans terminou o atendimento antes de se virar para ele. Só aí veio em minha direção.

— Vamos colocar você em uma ambulância, tudo bem? — avisou-me. — Quero que um médico veja seu pulmão.

— Mas você disse...

— Sei o que eu disse — cortou-me, indicando levemente a direção de Connor. — Mas você ainda está tossindo, e eu não gosto do que ouço no seu pulmão, então vou colocá-lo em uma ambulância. Venha.

Tirando a máscara da minha mão, ela me guiou para fora do prédio, em direção à ambulância.

— Isso é mesmo necessário? Ele está bem, os amigos todos estão — Connor reclamou, vindo atrás de nós.

Como se meu corpo soubesse, comecei a tossir. Vi um sorriso satisfeito no rosto da paramédica.

— Johnny, leva esse daqui com vocês — pediu. — Quase morreu. Ficou preso em uma sala pegando fogo. Inalou muita fumaça. Coloca no oxigênio e pede para olharem o pulmão dele.

Johnny concordou e, sem questionar, me ajudou a subir para dentro da ambulância.

— Vou com ele — Noah avisou, seguindo-me. — Encontrem a gente lá.

Segurei no braço dele e, antes que me mandassem usar a máscara outra vez, pedi:

— Liga para a minha mãe. Avisa.

Se havia fotos na internet, ela ficaria em pânico.

Ele concordou e puxou o celular do bolso. Depois de alguns minutos conversando, desligou.

— Prometi uma foto para eles ficarem mais tranquilos. Olha pra cá.

Fiz um sinal de joinha, já que meu rosto estava coberto.

Nosso azar foi apenas o fato de que a imagem não ficou só na mão da minha família. Em poucas horas, ela rodou a internet.

Sétimo

Só basta você me ligar, ah, que eu vou correndo te encontrar.
Basta você me ligar - Os Barões da Pisadinha e Xand Avião

2 de outubro de 2018.

Quando recebi alta no hospital, dei de cara com uma sala de espera cheia de bombeiros. Aparentemente, um deles sofreu um acidente durante o incêndio.

— Ouvi que o cara está na cirurgia — comentou Noah, parando ao meu lado.

Estávamos em um dos corredores, esperando para ver como sair. Ao saber do incidente, fãs correram para a porta do hospital, em busca de notícias. Meus amigos chegaram a vir para ficar conosco, mas Connor não os deixou descer do carro ao ver tanta gente reunida à porta. Ele desceu e mandou o motorista levar os caras para casa.

Felizmente, Noah foi comigo, então eu não tive que passar todo o meu tempo no hospital, sozinho com o nosso assessor.

— Com licença. — Virando-me na direção da voz, encontrei um dos bombeiros parados. Olhando em seu uniforme, percebi que era o bombeiro Wilson, que me resgatou. — Você é Finn Mitchell, não é?

— Bombeiro Wilson. Foi você quem me salvou, não foi?

— Eu mesmo. Fui procurá-lo, mas, quando consegui parar, a Evans já tinha mandado você para cá. — Ele me estendeu meu celular. — Ia tentar entregar a alguém responsável pelo prédio, mas o vi parado aqui. Meu colega encontrou caído perto do nosso caminhão. Reconheci seu rosto na foto na tela de bloqueio.

Éramos Paula, Lola e eu, os três abraçados. Meu coração se apertou ao pensar nela.

— Tenho de agradecer. Pelo celular, mas principalmente por salvar a minha vida.

— Você ajudou. Nós o vimos na janela. E fez certo. Ficou abaixado, cobrindo o rosto. Espero que esteja bem.

Ah, então eles conseguiram me ver. Por isso o bombeiro pulou bem na janela da sala em que eu estava.

— A porta travou, a janela pareceu minha única saída. Agradeço muito pelo seu serviço, bombeiro Wilson. Não sei se estaria aqui se não fosse por você.

— Fico feliz que esteja, jovem. A linda bebê da foto merece crescer com o pai.

Escolhi não dizer nada, não corrigir. Nós nos despedimos e agradeci novamente.

— Ei, falou com a Paula? Lembrei assim que ele mencionou a bebê.

— Não. Só peguei o celular agora, esqueceu?

— Verdade. — Arregalou os olhos. — Você precisa deixar o número dela com um de nós, para alguma emergência.

— Deixe-me ver se o celular funciona.

Enquanto eu destravava a tela, Connor chegou, acenando para nós.

— Vamos sair pelos fundos. O carro estacionou lá. Não quero que ninguém o veja desse jeito. Pensariam que foi grave.

Eu estava bem. O médico disse que não era nada grave e que eu poderia voltar para a vida normal. Provavelmente a paramédica Evans também pensava assim, mas a grosseria de Connor a impulsionou a fazer algo. Eu teria feito o mesmo, se estivesse em seu lugar. Poderia confiar que um paciente procuraria ajuda depois, mas tendo alguém tão arrogante por perto, minha cabeça se encheria de dúvidas. Apesar de bem, minhas roupas estavam cobertas de fuligem e desgrenhadas. Realmente eu poderia preocupar os fãs.

Assim que entramos no carro, tentei o celular de novo. A tela estava rachada, mas ainda funcionava. Havia muitas mensagens de Paula, todas surtando de preocupação. Digitei rapidamente que estava bem, mas não poderia conversar naquela hora. Falar com ela na frente do Connor o faria surtar.

Chegamos ao meu prédio bem rápido. Desci sozinho, mas Noah prometeu ir em casa e voltar para lá logo. Enquanto subia pelo elevador, procurei o número de Paula. Havia mais algumas mensagens dela, mas escolhi conversar por vídeo de uma vez.

O rosto preocupado dela apareceu no segundo toque.

— Segura a Lola aqui… — Paula falou em português, com alguém. Não entendi o que era, mas logo ela continuou em inglês: — Finn? Como você está? O que aconteceu?

Destravei a porta de casa. Entrei, bati por trás de mim e ergui o aparelho na altura do rosto.

— Oi, coisa linda. — Caminhei para o sofá, jogando-me lá. — Ainda nem processei o que está acontecendo.

— Mas você está bem?

— O médico disse que sim.

— Não está, não. Olha sua cara de cansado. Quem está aí com você?

— Não tem ninguém. Acabei de chegar aqui no apartamento.

— Eu tô indo aí. Já vi a passagem, vou comprar e ficar aí com você. Não posso te deixar sozinho.

— Ei, calma. Não é assim. Vai dar tudo certo. Noah vem ficar aqui. Eu tô bem, só preciso de um banho. Queria falar com você antes e te tranquilizar.

— Você veio ficar aqui quando eu precisei. Não vou deixá-lo agora, Finn.

— Você não está me deixando, anjo.

— Estou sim, meu anjo. Não vou fazer isso. Essa distância é insuportável. Desde que desligamos, fiquei tentando te ligar e não consegui contato. Vi na internet que você esteve em um incêndio. Só queria estar no hospital, segurando a sua mão.

— Calma. Eu entendo. Quando você foi parar no hospital, eu também queria largar tudo e ir até aí. Lembra? Você me convenceu de que eu não deveria. Que eu estava em turnê. Eu vou ficar bem, você tem que cuidar da Lola.

Agitada, ela começou a negar com a cabeça.

— Ela já pode viajar. Bebês podem viajar com sete dias. Podemos ir nós duas…

— Paula, olha para mim. — Encarei-a, prendendo sua atenção. — Eu quero você aqui. Quero receber as duas em casa. Mas não assim. Onze horas de voo com uma recém-nascida. Deixa para quando ela ficar maiorzinha. Estou bem. O médico disse isso. Os caras virão aqui para casa. — Fiz uma pausa, vendo-a concordar. — Não quero ver você nervosa, meu anjo.

— Promete que não vai ficar sozinho?

— Prometo. Noah só foi em casa se trocar. Quer ficar ao telefone enquanto ele não chega? Isso ajuda a te acalmar?

— Quero. Ajuda sim.

— Ok, mas eu preciso de um banho, então vem me acompanhando.

Levantei-me do sofá, caminhando para o quarto. Meu apartamento era relativamente pequeno. Escolhi a sala para ser o maior cômodo, assim poderia receber bem os meus amigos. Meu quarto também tinha um tamanho agradável, com um banheiro de proporções normais. Os outros cômodos eram um quarto de hóspedes, uma cozinha e um banheiro de serviço. Era o primeiro apartamento em que morei depois de ter participado do

programa. Já tinha pensado em me mudar para algo maior, mas passava tanto tempo viajando que perdi um pouco da vontade. Sabia bem que, um dia, quando tivesse uma família, precisaria de um lugar maior.

Mas esse ainda não era o caso.

Apoiei o telefone em uma prateleira do boxe, onde Paula veria apenas meu rosto. Seguimos conversando enquanto me despia. Contei a ela como fiquei preso na sala em chamas, da sorte de ter sido visto pelos bombeiros. Falei do celular caído e do bombeiro que o devolveu. Avisei que repassaria o número dela aos meus amigos.

A campainha tocou enquanto eu me vestia. Deixei o celular em ligação com Paula na sala e pedi que esperasse. Não era Noah, mas sim minha mãe. Ela me abraçou com força e senti seu corpo tremer.

— Mãe, você está chorando?

— Fiquei com tanto medo, meu filho.

— Entra. — Puxei-a para dentro, fechando a porta. — Vamos conversar aqui dentro. — Fui até o celular novamente. — Linda, minha mãe chegou.

— Ai, graças a Deus. Mande um beijo para ela.

Virei o telefone para nós dois aparecermos.

— Mãe, essa é a Paula. Paula, essa é minha mãe.

Eu não esperava que as duas se conhecessem assim. Queria que fosse pessoalmente. Nos dias em que estive no Brasil, falava sozinho com ela. Mas aconteceu, e eu não esconderia nada agora. Ainda tinha esperanças de que chegaria o dia em que as duas se veriam pessoalmente.

— Olá, senhora Mitchell.

— Paula, querida. Ouvi muitas coisas boas sobre você. Obrigada por ter cuidado tão bem do meu filho enquanto ele esteve aí.

— Seu filho é quem cuidou bem de mim. Ele foi meu anjo. Não queria deixá-lo voltar.

— Ele é. Espero conhecer você e sua menina em breve. Uma criança adorável.

— Obrigada.

Fiquei observando a interação breve. Quando desligamos, passei pelo escrutínio da minha mãe. Ela viu que não havia nada que pudesse fazer pela minha saúde no momento, então decidiu cuidar de mim por outro caminho: cozinhando.

Honestamente, eu não tinha do que reclamar. A comida da minha mãe era um espetáculo. Noah, quando chegou, também ficou muito feliz. Os outros rapazes vieram um pouco depois. Com todos ali, revisitei todos os momentos pela segunda vez. Ao contar para Paula, tinha sido sucinto. Não queria deixá-la preocupada. Mas, olhando nos olhos de todo mundo, pude

falar do terror que vivi naquele tempo em que fiquei preso no incêndio.

Horas depois, minha mãe foi embora. Nós nos reunimos na sala para jogar FIFA. Distrair era algo de que eu precisava, e foi por isso que não reclamei quando os quatro começaram a pegar no meu pé.

Eu merecia.

Eu precisava.

— Você ainda não contou direito o que aconteceu lá no Brasil, cara — Noah cobrou, logo que começamos uma partida.

— Contar o quê? O que vocês querem saber?

— Principalmente a parte do romance. Você sabe que eu sou *team* Paula e quero que esse amor floresça — brincou Owen.

— Bom, na parte do romance… A gente se beijou.

— Só? Alimente a Maria Fofoqueira que há em mim, homem! — reclamou.

— Foi isso. Ela está de resguardo. Contato físico foi esse, uns beijos e umas coisas. Não passamos daí — contei, omitindo o real motivo para não irmos mais longe. — Mas a parte afetiva… — Suspirei, sem saber como explicar. — Acho que vai ter um dia em que eu vou embarcar para o Brasil e não vou mais voltar.

O silêncio reinou entre nós. Os jogadores na televisão assumiram o controle, e marquei um gol em Noah.

— O-o q-q-que isso-so quer di-dizer exatamente? — Luca indagou.

— Eu não vou abandonar vocês, não estou dizendo que vou deixar a banda — garanti. — Mas acho que encontrei alguém que me faz bem. Alguém para dividir a vida. Os poucos dias em que ficamos com a bebê naquela casa foram os mais felizes e em paz que eu tive nos últimos anos. Quero repetir isso. Quero viver isso em vários outros dias da minha vida.

— Meu Deus, como esses dois podem ser tão bonitinhos? — Owen surtou.

Todos nós rimos. Às vezes, meus amigos agiam como verdadeiros fofoqueiros. Bem o oposto do que normalmente se espera de garotos da nossa idade.

— Cara, eu entendo o que você está sentindo. O único problema é aquele que você sabe bem qual é.

— O contrato — falamos em uníssono.

Incêndio atinge prédio onde estava boyband Age 17

Finn Mitchell, um dos integrantes, foi levado ao pronto-socorro

Na tarde de terça-feira, 2, um incêndio afetou todo o prédio onde funciona o estúdio de dança *Soul & Saul*, no centro de Londres. Ainda não há informações de onde o fogo começou, e as investigações estão em andamento.

A *boyband* Age 17 estava no local ensaiando para o novo videoclipe, que deveria ser gravado nos próximos dias. Dos cinco integrantes, Finn Mitchell foi o único a dar entrada em um hospital aqui de Londres, por inalação de fumaça. O cantor já foi liberado.

A polícia divulgou que já está investigando o caso e que nas próximas horas divulgará dados preliminares. Voltaremos com outras informações a qualquer instante.

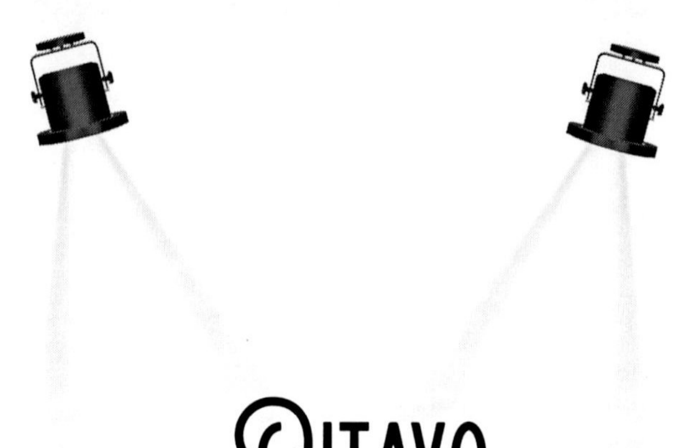

Oitavo

Como eu me lembro do seu beijo, do seu sorriso e do seu olhar.
Amor de verão - Giulia Be

Incêndio que atingiu Soul & Saul pode ter sido criminoso
Polícia prega cautela nas investigações, mas indica que pode ter havido sabotagem

Em coletiva realizada na noite de hoje, 17, peritos que trabalham no caso do incêndio do estúdio de dança *Soul & Saul* trouxeram mais detalhes, que já foram apurados pela equipe. O primeiro dos indícios foi o fogo que se iniciou em diversos pontos do prédio.
O evento levou ao hospital 80 das 322 pessoas presentes no edifício. 26 delas sofreram queimaduras de diferentes graus, as demais foram até lá por inalação de fumaça; dentre elas, o cantor Finn Mitchell.
A polícia não aponta suspeitos e diz que vai ouvir os donos do estúdio e outras testemunhas nas próximas semanas. Nenhuma vítima fatal foi encontrada.

17 de outubro de 2018.

Aquela frase de que o show tem que continuar tornou-se uma verdade em minha vida. Principalmente nas últimas duas semanas.

Tive que ir ao hospital mais duas vezes, porque uma tosse persistente me abateu. Felizmente, não era grave, e o tratamento logo fez efeito.

A mídia nos perseguiu por duas semanas. O fato de estarmos no prédio despertou curiosidade. Tentamos ficar escondidos, ausentamo-nos das redes sociais. Em compensação, trabalhamos duas vezes mais no período. Não houve alteração de datas para a gravação do clipe, e ainda iniciamos os ensaios de uma grande apresentação que viria em breve.

Mas as divulgações do *single* estavam prestes a iniciar, e fomos a uma sequência de programas de televisão. Passamos por uma sessão de *media training* para isso, decorando respostas adequadas para cada possível pergunta.

As palavras saíam de mim com facilidade. Por ter sido o único dos cinco a ir ao hospital e ter uma foto vazada, meu nome foi vinculado em praticamente todas as reportagens sobre o ocorrido. Além dos programas de TV, nós fizemos uma rodada de entrevistas com influenciadores. A última da noite nos perguntou algo bobo, que deveria passar batido, mas ficou martelando na minha cabeça de maneira inexplicável.

— Como seria o primeiro encontro perfeito?

Luca respirou fundo, preparando-se para sua fala ensaiada:

— Um show do Maroon 5.

E essa era a minha deixa para elaborar a resposta. Mas a imagem de segurar a mão de Paula e ver sua filha em um monitor preencheu meu cérebro. Era só isso que minha mente conseguia pensar. Não no clássico jantar e cinema, que eu sempre dizia. Nos nossos dedos entrelaçados, no seu sorriso. No seu tom de voz.

— Eu diria saltar de paraquedas — começou Mase, salvando a minha pele. — Mas nem todas as garotas estão preparadas para adrenalina no primeiro encontro.

Lancei-lhe um olhar de agradecimento.

Por toda a situação que envolvia Luca, nós tínhamos definido quem responderia que tipo de pergunta, já que algumas delas apareciam em toda entrevista. Se perguntassem sobre o encontro perfeito, era sempre eu quem deveria elaborar e dar detalhes. Quando Luca disse o dele e eu fiquei quieto, o silêncio foi estranho, mas felizmente Mason estava atento o suficiente para perceber que tinha que intervir.

— Mano, tudo bem? — ele perguntou assim que a entrevista terminou; estávamos os cinco sozinhos, preparando-nos para ir embora.

— Não sei. — Suspirei. — Só consegui pensar na Paula, com aquela pergunta. A mentira do jantar não me veio de jeito nenhum. — Cocei a cabeça. — Obrigado por me salvar.

— Nem precisa agradecer, porque você sabe que é por isso que somos cinco, para nos dar apoio — garantiu.

— Mas, papo reto, Finn — Owen começou. — Essa situação com a Paula está ficando séria, e eu acho que ela merece saber.

O peso de todos os segredos empurrou meus ombros para baixo. Havia alguns deles que eu queria segurar Paula em meus braços para contar, mas aquele era um que não poderia esperar. Nós dois estávamos mais do que envolvidos, e a produção insistiria em destruir o que tínhamos.

Ela merecia mesmo saber.

— Vou ligar para ela hoje. Vou contar.

No carro, no caminho para casa, mandei uma mensagem perguntando se poderíamos nos falar em uma hora. Sua resposta foi um simples "encontro marcado", o que deixou minha cabeça ainda mais pilhada com tudo.

Em casa, tomei um banho rápido e vesti uma calça de moletom. Puxei uma camiseta do Nirvana do armário, percebendo que precisava mandar roupas para a lavanderia logo. Estava ficando sem opções. Peguei o notebook em vez de ligar do celular.

Do outro lado da tela, Paula apareceu de top de academia. Apesar de não malhar, usava um daqueles quase todos os dias. Disse que, durante a gravidez, perdeu muita roupa. Em vez de comprar peças maiores, fez uma coleção de tops. Acabou se acostumando.

Pela forma como a peça envolvia seus seios, eu não tinha do que reclamar.

— Ei, coisa linda — cumprimentou, sorridente. — Abri um vinho para o nosso encontro.

— Vinho? — perguntei, estranhando. Ela me olhou com uma cara que dizia "me deixa", e eu entendia. — Ah, tá. Entendi.

— Suco de uva. Mas prefiro acreditar que é um vinho.

Sorrindo de volta, fiquei estudando seu rosto. Os traços cansados, porém os mais bonitos que uma mulher poderia ter. Pelo menos para mim.

Era ela, tinha que ser. E eu esperava que continuasse sendo depois da nossa conversa.

— Devo abrir um também?

— Claro. Mas pode abrir o de verdade. Eu aguento.

Fui rapidamente até a cozinha e voltei com a garrafa e uma taça.

— Como estão minhas garotas preferidas?

— Lola está com a Thai hoje. Ela e Tiago me deram uma noite de folga.

Arregalei os olhos. Paula ainda não tinha se separado dela, desde que a menina nasceu.

— E como você está se sentindo com isso?

— Bem. Minha filha está segura. Thai sempre cuidou de nós, e tem tudo de que precisa com ela. Se alguma coisa acontecer, moramos a minutos de distância. Estou aproveitando a noite para ver tevê, tomar um vinho e, em breve, passar um bom tempo na banheira, relaxando.

— Você está mais do que certa. Eu adoraria estar aí para massagear seus pés.

— Eu adoraria que você estivesse aqui também, mas para aproveitar a banheira comigo.

É claro que meu rosto me traiu, e eu fiquei feito um pimentão. Parecia impossível ter qualquer controle sobre isso.

— Ouvi dizer que teremos uma semana no mês que vem. Quero me programar para voltar ao Brasil.

— Você sabe que, se me dissesse agora que estava embarcando, eu estaria no aeroporto te esperando em onze horas.

— Bem que eu queria. Mas antes de fazermos qualquer plano, preciso contar uma coisa.

— E o que é? — Largou a taça de vinho, segurando o queixo.

— Quando a gente se conheceu, eu não tinha planos de me envolver. Uma mensagem após a outra, você sabe que o que temos ficou sério. — Encarei seu rosto, vendo a expressão de dúvida. Tentei me acalmar para prosseguir com o que precisava explicar. — O nosso contrato não é dos melhores do mercado. Éramos jovens, inocentes, sonhadores. Assinamos sem questionar.

Ela fez uma careta, sabendo que não viria coisa boa. Estava acostumada com o tipo de situação, com o mercado que nos fazia assinar várias merdas.

— Que droga, Finn. O que colocaram no contrato?

— Que não podemos ter relacionamentos. Não podemos namorar.

Ela enrugou todo o rosto antes de perguntar exatamente o que eu já sabia:

— Mas, e o Owen? Ele não tem uma namorada?

— Sim. Eles começaram a sair durante o programa, antes de assinarmos. Usam o relacionamento deles todas as vezes que alguma notícia sobre essa parte do nosso contrato aparece.

O silêncio se estendeu por alguns minutos, enquanto a notícia se instalava na mente dela.

— Finn... Eu... Eu não quero que isso seja problema...

— Não — cortei, antes que ela fosse por algum caminho perigoso. — Eu não me importo. São três anos sem nem tentar me interessar por alguém, porque eu sabia exatamente o que viria para cima de mim. Mas não quero isso, Paula. Não quero uma vida de solteirão. Eu quero você. Não fui feliz como nos dias que passei aí, em anos. Quero pelo menos tentar. — Respirei fundo. A forma como ela me encarava, me fez desviar o olhar e completar: — Se você quiser.

— Finn, eu quero. Mas, e se eles vierem com processo em você? E se tentarem te expulsar da banda?

— Eu não ligo. Eu saio e faço carreira solo. Encontro outra motivação na vida. Trabalho na construção civil. Lavo pratos em um restaurante. Quando percebemos isso, nós cinco fizemos um acordo. No minuto em que alguém precisasse quebrar essa cláusula, todos apoiariam. Nós amamos o que fazemos, amamos a banda, mas há coisas mais importantes.

— Mas, e se não der certo, Finn? E se o que temos não durar?

— E se durar? E se você for o amor da minha vida? E se nos casarmos e formos felizes para sempre? Só vamos saber se tentarmos.

Ela tomou outro gole da bebida. Encarando-me, ficou pensativa. Tentei ver pelo seu lado. Pensar com a sua cabeça. Não era fácil para ela também, principalmente considerando a distância e o fato de ter uma filha para cuidar.

— Foi por isso que você me pediu para tirar a foto do Instagram. Eles ameaçaram você? — Vendo-me assentir, prosseguiu: — O espaço que você ocupa aqui dentro é algo que não sou capaz de mensurar — revelou, tocando o coração. — Não seria fácil se o contrato não existisse, vai ser ainda mais difícil agora. Mas sinto o mesmo que você e estou pronta, Finn. Vou fazer o que for preciso. É só me dizer como.

Queria ter o poder do teletransporte, para ultrapassar a tela e tomar Paula nos braços. Queria que minha vida se resumisse a estar ao seu lado.

Talvez ser expulso da Age 17 não fosse uma má ideia.

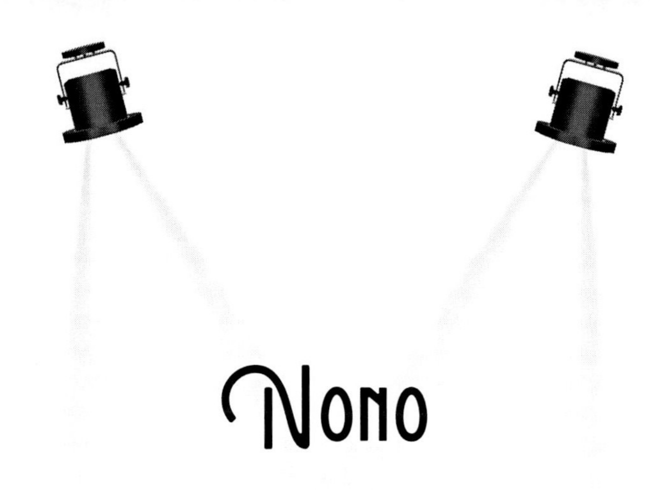

Nono

Vamo rodar no mundo, sei lá pra onde. E a gente aprende tudo, sei lá o quê. Se for pra descobrir o mistério das coisas que seja com você.
Te amar é massa demais - Anavitória

8 de dezembro de 2018.

Tive uma sorte sem explicação. Parecia mesmo que o universo estava cooperando a meu favor, pelo menos uma vez na vida.

Adiaram a semana de folga que resolveram nos dar. Mas, quando nos deram… Chamei de recesso de fim de ano. Tudo estava combinado: a data que eu iria, o tempo que ficaria. Até às aulas de português eu já estava assistindo. Minha mãe entendeu minha decisão de não passar as festas de fim de ano em família. Apoiou, na verdade.

— São mais de vinte anos celebrando conosco. Um ano não vai matar ninguém.

Duas semanas antes de fechar a agenda do ano, recebemos o convite para uma apresentação no Brasil. Era um festival pop, e um *headliner* precisou cancelar em cima da hora. O show era em oito de dezembro, dois dias antes do meu embarque.

Era o show de fim de ano das Lolas.

O álbum que elas gravaram durante a gravidez de Paula estava no mercado, e as meninas prepararam três apresentações para encerrar o ano. O primeiro era em Salvador; o segundo, em São Paulo (no mesmo festival em que nós iríamos); e o terceiro, no Rio de Janeiro. Meu plano era chegar ao Brasil no dia do último show, o assistir e então me esconder em sua casa até 3 de fevereiro, data do meu retorno. Com o convite do festival, eu chegaria um pouco antes, mas não perderia nada no depois.

Escolhi não avisar a produção sobre meus planos. Da última vez, eles atrapalharam tudo. Paula sugeriu que ficássemos quietos, sem postar fotos e fazer alarde. Eu estava totalmente dentro.

Só o que eu queria era a mãe e a bebê ao meu lado.

Foi difícil pisar no Brasil e não correr direto para ela, mas o plano era esse. Cumpri a agenda, milimetricamente. Trocamos mensagens o dia inteiro, sabendo que estávamos mais próximos do que estivemos em meses.

Quando o festival começou de fato, Connor parou de nos acompanhar de perto. Noah e eu fomos conhecer os bastidores e, como se meus pés tivessem vida própria, paramos na porta do camarim das Lolas.

— Vocês já se viram? — perguntou, encostando-se à parede.

— Não. Escolhi não irritar a produção, ou dar pista de que estamos juntos.

— Vinte minutos. Eu dou cobertura. — Batendo em meu ombro, ele se afastou.

Fiquei no corredor, processando aquilo. Noah me cobriria, eu podia passar e ver minha garota brevemente.

Bati à porta, nervoso. Enquanto alguém veio abrir, fiquei olhando de um lado para o outro, com medo de alguém me ver.

Roger atendeu. Ele abriu um largo sorriso ao notar que era eu.

— Oi, cara, como vai?

— Bem, amigo. Bom ver você. — Então se virou para dentro. — Paula, urgente. Corre aqui. — Voltou-se para mim. — Abre essa porta atrás de você. — Fiz o que ele pediu, encontrando uma sala vazia. — Entra lá. Vou mandá-la em seguida.

Não demorou trinta segundos até Paula entrar. Eu estava sentado em uma poltrona.

Metade do cabelo dela estava ondulado; a outra metade, liso. O top cravejado era preto, mas ela ainda usava um short jeans, que não deveria ser parte do look.

Mas a melhor parte foi seu sorriso, que iluminou todo o meu dia.

— Meu Deus! — Bateu a porta, empolgada. Correu em minha direção, passando os braços pelo meu pescoço. — Achei que só o veria amanhã.

— Noah vai me cobrir por vinte minutos.

— Amo seus amigos.

Rindo, resolvi não perder mais tempo.

— Eu também, mas vamos ao que importa.

Apertando sua cintura, beijei-a. Devorei seus lábios, correndo a mão por suas curvas.

Aquela pele, aqueles lábios… Pai amado, que falta eu senti!

— Eu vou te amarrar no pé da minha cama. — Puxou meu lábio inferior com os dentes. — E não vou te deixar voltar nunca mais.

— Não vai precisar se esforçar muito. — Afaguei seu rosto. — Quanto tempo você tem aqui?

Ela suspirou.

— Pouco. Ainda estou na metade da produção, como você pode ver.

— Posso entrar lá? Juro não atrapalhar.

— Me beija de novo. Depois eu te levo. Lola vai adorar te ver.

— Seu pedido é uma ordem.

Beijar não era problema. A facilidade com que nossos lábios conversavam era assustadora. E a conversa que qualquer um desenvolve depois de tanto tempo sem se ver é sempre em demasia.

Caminhamos para o camarim dela. Lola estava com a babá e, enquanto Paula foi terminar de se preparar, fiquei com a menina no colo. Sem soltar a bebê, sentei-me ao lado de Paula, e ficamos conversando. Óbvio que perdi a hora ali dentro. Dos vinte minutos, só notei quando já estava lá por quase quarenta. E só notei porque, quando Paula foi tirar o short e colocar a calça do show, meu telefone tocou. Era Connor.

— Oi. Diga. — Afastei-me um pouco, ficando perto de uma janela.

— Quero você aqui em dois minutos.

— Sim, já estou voltando.

— Noah disse que você estava mexendo nas guitarras. Travis disse que não o viu. Sei exatamente onde você está. Se aparecer na mídia qualquer matéria, boato, foto, não me interessa, qualquer coisa que relacione o seu nome ao dela, os advogados estão com o processo pronto. Some daí. Dois minutos contados no relógio, ou vou acabar com você. — E desligou.

Suspirei. Dei um beijinho no rosto da bebê e entreguei-a para a babá novamente. Paula veio na minha direção, bem naquela hora.

— Preciso ir — avisei.

Franzindo o rosto, ela segurou meus braços gentilmente.

— Claro. Mas aconteceu alguma coisa? Você parece assustado.

— Era Connor. Perdi o tempo, e ele disse que sabia que eu estava aqui com você. Mandou que eu aparecesse lá em dois minutos. Disse que, se sair alguma foto ou matéria nossa, vou ser processado.

— Finn — disse em um lamento.

— Não estou preocupado com o processo, amor. Já falei o que acho disso, mas assumo que estou um pouco aflito com outras coisas. Com os meninos, principalmente, né?

— Sim, você tem que pensar neles também. São amigos, estão juntos na carreira. Precisam cuidar uns dos outros. — Chegando mais perto, deixou um selinho em meus lábios. — Vá, antes que inventem algo para estragar o nosso fim de ano. Converse com seus amigos. O que você decidir, eu apoio.

Puxei o rosto dela para o meu outra vez. Outro beijo lento, carinhoso, despreocupado. Depois de tanto tempo longe, nada faria eu me apressar.

Saí do camarim, pensativo, a cabeça fervilhando. Tantas decisões para tomar!

Décimo

Vem, não demora. Fica comigo a noite toda, perde a hora. No meu ouvido, sussurrando com a voz rouca, dizendo que me quer pra agora a vida toda, pra vida toda.

Bomba Relógio - Luísa Sonza e Vitão

8 de dezembro de 2018.

Pensei muito. Muito mesmo.

Quando cheguei ao nosso camarim, vários minutos depois, Connor estava uma fera. Expliquei que estava longe e era impossível chegar em dois minutos. Claro que ele não acreditou.

— O pessoal da gravadora já está ciente. Não vou falar de novo. Esqueça essa filha da puta! Você tem um contrato, e se der um passo fora da linha eu vou te processar. Nossos advogados vão tirar tudo de você, e nos certificaremos de que não trabalhe mais na indústria.

Fiquei calado, optando por não me estressar. Não discutir. Ele tinha ofendido a mim e a mulher que eu... a mulher que eu escolhi. Minha resposta teria de ser inteligente, não algo à altura dele.

Além disso, qualquer fala poderia ser usada contra mim no tribunal.

Decidi ficar quieto em um canto, com fones de ouvido, pensativo. Em vinte minutos de reflexão, eu tinha uma decisão sobre o que fazer. Comecei a digitar um texto no celular, tentando fazer frases curtas e simples. Em seguida, mandei para o meu professor de português, torcendo para que ele traduzisse em tempo recorde.

Assim que enviei a mensagem, fui chamado para me preparar para o show. Eu ainda não era capaz de conversar em português, mas já compreendia algumas conversas, e minha leitura era incrível. Eu poderia ler qualquer texto, mesmo que só entendesse metade.

Apresentamos o show. Esforcei-me ao máximo, entreguei tudo de mim. Fiquei procurando a oportunidade perfeita de fazer o que eu queria, mas ela não chegava. No intervalo do bis, eu soube que não poderia deixar passar mais.

Durante as apresentações, nossos celulares ficavam com a produção, mas mantive o meu dessa vez. Paramos ao lado do palco, preparando o retorno. Era a chance que eu tinha de falar com meus amigos e avisá-los.

— Ei — chamei. Os quatro me encararam. — Vocês confiam em mim?

O olhar de Owen foi malicioso; o de Noah, curioso; de Mase e Luca, preocupados. Todos assentiram, batendo em meus ombros.

Em cima do palco, faríamos mais duas músicas. Antes de começar a segunda, que era a última do show, pedi atenção no microfone.

— Esse é o momento do show em que cada um de nós se apresenta, e mostramos os integrantes da nossa banda. Espero que não se chateiem, mas hoje vamos fazer diferente. Há algo que preciso dizer. — Puxei o celular do bolso, abrindo a mensagem. — Um amigo ajudou a traduzir. Peço que não gritem por um momento, para poderem ouvir, e espero que consigam compreender. — Comecei a ler, devagar: — Devemos ser como somos em nosso interior, sem permitir que as vozes externas nos mudem. — Surpreendentemente, um silêncio se abateu na casa de shows. Claro, havia murmúrios, mas todos pareciam escutar com atenção. — Opiniões são feitas para que escutemos e analisemos a relevância de tudo para as vidas que levamos. Mas não é certo deixarmos que os outros decidam como vamos viver. E é ainda pior quando aqueles que deveriam cuidar de nós determinam regras, distribuem ordens, dizem como você deve se vestir, se portar, com quem deve sair… A quem você deve amar.

Senti meus amigos pararem ao meu lado. Noah apertou meu ombro.

— Depois você vai traduzir tudo para nós — sussurrou.

Assenti para ele, prosseguindo com o discurso:

— Os últimos meses foram um carrossel emocional para mim. Finalmente, depois de anos e anos procurando, eu encontrei o amor, e não deixarei ninguém tirar isso de mim. Espero que vocês, meus fãs, compreendam. Que possam torcer e apoiar a mulher que hoje é meu motivo de felicidade. Porque eu também amo cada um de vocês, genuinamente, e isso nunca vai mudar.

Guardando meu celular, os quatro me abraçaram. Os gritos e aplausos explodiram na casa de shows.

— Eu não entendi nada, mas pareceu emocionante — berrou Owen.

Bom, pelo menos para mim, foi.

— O que foi que rolou lá em cima? — Owen perguntou imediatamente, assim que pisamos fora do palco. Nossa equipe nos ajudava a retirar o ponto no ouvido, ainda.

— Vou mandar o texto em inglês para vocês lerem. Meu professor de português traduziu. Mas, resumidamente... — Expliquei a eles o que eu dissera no palco.

— A gente já conversou sobre isso antes, e minha opinião se mantém — começou Mase. — Paula faz você feliz. Já está na hora de lutarmos contra essa regra ridícula do contrato, porque todos nós merecemos a felicidade. — Ele me puxou para um abraço. — Conte comigo, amigo.

— Conte-te com to-todos nós — Luca afirmou, puxando os outros para o abraço.

Repetindo tudo aquilo no meu próprio idioma, a compreensão me atingiu de forma diferente. Eu tinha digitado desenfreadamente, arrancando as palavras diretamente do meu coração. Não havia nenhuma mentira, mas falei para todo o público do show que eu estava apaixonado, desafiei a ordem direta da minha equipe. Por mais ridículo que o contrato fosse, eu assinei. Minha letra estava no papel. Concordei com aquilo.

Precisava de alguém para defender meus interesses. E tinha que ser logo. Mas só havia uma coisa em que eu conseguia pensar naquele momento. Uma pessoa, na verdade:

Paula Freitas.

Para a minha sorte, bem no momento em que o rapaz da produção me liberou, vi seu rosto surgir no corredor. Ela segurava Lola nos braços e tinha o rosto chocado. Ignorando todas as pessoas ao nosso redor, todos os nossos planos de passarmos despercebidos, nós nos encontramos.

— Você fez o que eu acho que fez?

— Eu fiz.

Ela riu. Tomei minha garota e sua filha em meus braços.

— Você disse o que eu acho que disse sobre nós?

— Eu disse. Encontrei o amor em vocês, Paulinha. Todas as vezes que te disse que queria tentar com você, eu estava dizendo que meu coração queria tentar com você. Meu coração quer o seu, porque eu a amo. Espero poder mostrar iss...

Paula puxou meu rosto e me beijou. Segurei sua cintura com firmeza, porque havia uma criança entre nós. O mundo ao nosso redor continuou, pessoas andando de um lado para o outro, mas nada era capaz de me distrair da mulher dos meus sonhos.

Nada, exceto um homem egoísta e cheio de raiva, que se aproximou de nós.

— Quem você pensa que é para desafiar uma ordem direta e, além

disso, assumir essa merda em cima do palco? — gritou, bem no meio do *backstage*. — E, para piorar, está se pegando com essa vad...

— Não termine sua frase — a voz incisiva de Paula cortou a fala dele, que olhou desdenhoso para ela. — Você não quer me ofender no *meu* país. Na *minha* casa. Vou atrás de você, com meus advogados, e só paro quando o impedirem de pisar aqui.

Caralho, mulher, não faz isso comigo. Assim eu me apaixono.

Connor ficou calado, engolindo em seco. Minutos depois, virou-se para mim.

— Peguem suas coisas — disse em voz alta, para que meus amigos também ouvissem. — Quero vocês cinco fora daqui em quinze minutos.

Quando ele deu as costas, virei-me para Paula.

— Preciso mesmo pegar minhas coisas. Você vem comigo?

— Vou ficar esperando no camarim das Lolas. Minha assistente e meu segurança estão lá. Não quero ter que lidar com esse babaca de novo.

— Volto bem rápido. — Deixei outro beijo em seus lábios. — 28 dias juntos. Estou ansioso.

— Eu também. — Piscando, ela se afastou.

Observei-a se afastar, antes de seguir meu rumo. Fui até o camarim, onde eu sabia que estavam minha mala e mochila. Troquei de roupa rapidamente. Despedi-me dos garotos e das pessoas da equipe de quem eu gosto, decidido a tomar uma última decisão kamikaze antes de partir para quase um mês longe dessa realidade.

Aproximando-me de Connor, encarei-o com seriedade.

— Mande advogados. Mande a justiça. Mande quem você quiser atrás de mim. Tire todo o meu dinheiro. Tire a minha carreira. Eu não me importo. Estou cansado de vocês tirarem a nossa liberdade de nos expressar, de viver, de fazer as coisas da nossa maneira. Estou cansado de me moldar ao formato que essa empresa quer. Vejo vocês em um mês.

Coloquei os fones de ouvido e subi o capuz do casaco. Saí de lá sem me importar com os xingamentos e ameaças que Connor jogava para mim.

Décimo Primeiro

Let's take our time tonight, girl. Above us all the stars are watchin'. There's no place I'd rather be in this world. Your eyes are where I'm lost in.

Vamos levar nosso tempo hoje à noite, garota. Acima de nós, as estrelas nos observam. Não há outro lugar onde eu gostaria de estar no mundo. Seus olhos são onde me perco.

Versace on the floor - Bruno Mars

8 de dezembro de 2018.

Entrei no carro depois de deixar as malas com o segurança da Paula, e ela terminou de amarrar a cadeirinha assim que me sentei ao seu lado. Sua assistente estava no banco da frente. Puxei as pernas de Paula por cima das minhas, querendo me aproximar.

— Sei que a gente combinou de focar em nós dois quando formos para o nosso tempo juntos, mas ainda não estamos lá. Sigo trabalhando até amanhã depois do show, então precisamos conversar. Essa situação da sua banda... Acha mesmo que vão usar a cláusula?

Encarando seu rosto, várias rugas de preocupação se destacavam. Queria poder tranquilizá-la, dizer para não se estressar com isso, mas eu não poderia fugir para sempre.

— Acho que sim. Connor estava muito bravo. O fato de eu ter feito aquilo no palco pode ter piorado as coisas.

— Sobre isso, vamos conversar em breve. Mas quero saber do contrato. Você tem um advogado?

— Não. Meus advogados eram os advogados da banda. Preciso contratar alguém que possa ver como me proteger.

— Posso pedir ao Daniel para ajudar. Ele não conseguirá defendê-lo na Inglaterra, mas talvez tenha alguém para indicar. E é ótimo com contratos, o que pode ser de bom uso.

— Ele é o advogado de vocês? — Quando ela assentiu prontamente, eu prossegui: — Será que podemos nos falar amanhã, então? Vou pedir que

minha mãe pegue o contrato e me mande por e-mail. É ela quem armazena meus documentos. Se ele puder ao menos me dar um direcionamento…

— Vou pedir para a Leila. — E falou em português com a assistente, por uns momentos. Não que Leila não falasse inglês, pois já me salvara várias vezes, mas deve ser estranho para as duas terem que usar outro idioma. — Como seus amigos estão se sentindo a respeito do que aconteceu?

— Estamos todos na mesma página sobre isso. Queremos nossa liberdade, não só para termos relacionamentos. Precisamos que a gravadora entenda que assinamos os contratos há três anos, já não somos mais as mesmas pessoas.

— Se vocês não tiverem bom relacionamento com eles, a banda não vai durar.

— Todos batalhamos muito para estarmos onde estamos, e somos apaixonados por música. Não queremos perder tudo, mas passamos tempo demais seguindo as regras deles sem questionar. É hora de nos impormos.

Chegamos ao hotel em dez minutos. Havia fãs na entrada, e o motorista parou no subsolo. Paula disse que isso era comum quando Lola estava junto, para evitar que algo acontecesse a ela. Veio a calhar nessa situação, porque assim conseguimos esconder minha chegada.

— Roger mandou mensagem dizendo que já fez o seu *check-in*. Podemos subir direto, mas eles estão no restaurante. Quer comer alguma coisa? Beber?

Apesar de estar doido para tomar um banho e me deitar, essa não era uma má ideia.

— Estou bem cansado, mas acho que quero, sim. Podemos só comer e subir?

Concordando, fomos guiados por Leila até o restaurante. O segurança prometeu subir com minha mala, e eu a entreguei junto à mochila. Havia uma área do restaurante fechada com cortinas, para onde fomos levados. Lá, toda a equipe de Paula estava reunida, além de algumas pessoas que eu não conhecia.

— Estamos fazendo os três shows em ritmo de celebração — começou a explicar. — Por tudo que vivemos no último ano, sabe? Trouxemos nossa equipe completa, pessoas que estão no dia a dia da gravadora. Amanhã, no Rio, haverá mais gente. Nossas famílias, namorados… É possível que Daniel vá, o que pode ser bom para vocês dois conversarem. Há também uma equipe de filmagem aqui, que está fazendo nosso documentário. Mas já pedi para não incluírem você. Mesmo se filmarem sem querer, não vamos autorizar.

— Eu não me importo. — Passei o braço por seus ombros, puxando-a de frente para mim. — Deixe que filmem.

— Não sei se isso pode ser um problema no seu processo, Finn. Não quero piorar as coisas.

Deixei meus lábios tocarem os dela rapidamente.

— Vamos comer. Mais para frente pensamos nisso.

Aproximando-nos da mesa, a babá de Lola veio tirar a menina do colo da Paula. Cumprimentamos cada um que estava sentado ali, e o jantar foi servido rapidamente. Comemos, bebemos, conversamos. Meu português não estava tão bom, mas comecei a entender algumas frases, algumas coisas, o que foi ótimo. Fiquei feliz por isso.

Tinha toda a intenção de ficar pouco tempo, só comer e subir, mas Paula estava sorridente, o papo estava bom, e eu perdi a noção da hora. Foi só quando Thainá parou ao nosso lado que me dei conta de onde estava.

— Ei, deixe a Melina descansar esta noite. Eu fico com a Lola para vocês.

— Tem certeza, amiga? — Paula perguntou, segurando a mão dela.

— Claro. Melina está cansada, e os dois pombinhos merecem uma noite de adultos. A pequena e eu vamos ficar bem.

— Já tirei leite. Acho que é suficiente até amanhã.

— Vou confirmar com ela. Se não for, aviso antes de vocês subirem.

Não demoramos muito mais, principalmente porque Paula se apoiou no meu peito e percebi que ela estava cansada também. Em todo o tempo entre a conversa com Thainá e nossa saída do elevador, minha mente entrou em parafuso. Eu sabia o que iria acontecer, mesmo que não fosse hoje à noite. No meu interior, *torcia* para que acontecesse. Mas estava nervoso. Nervoso e assustado, porque aquele segredo estava preso em mim há tanto, tanto tempo, que eu tinha medo de não saber como agir.

Cada passo do elevador até o quarto custou o dobro de esforço. Minhas pernas pesavam toneladas! Ela destrancou a porta e respirei fundo antes de entrar. Transar com uma mulher virgem era, para muitos homens, motivo de orgulho. Saber que seria o primeiro e, talvez, o último cara com quem ela estaria. Mas o assunto virgindade associado ao masculino é complicado. Parece que chegar aos dezoito anos sem ter transado com uma mulher era um erro. Na minha idade, então... possivelmente um crime.

E não, não era esse o meu caso. Eu já tinha feito sexo. Só não era o pegador que minha imagem pública e minhas músicas me faziam parecer.

Não achava que Paula iria me largar por eu não ter a vasta experiência esperada de um cara de 21 anos, mas isso era algo que ela deveria saber. Eu já tinha pensado em contar a cada insinuação que fazíamos, a cada promessa que compartilhávamos, mas era muito difícil. Além das inseguranças que eu carregava, sentia também um pouco de vergonha. Medo do julgamento.

— Está tudo bem? — Paula perguntou, com o rosto franzido. Certamente percebeu que havia algo de errado.

— Preciso contar algo.
— Agora?
— Sim. — Suspirei. — Antes de fazermos qualquer coisa.
Ela seguiu me encarando, a dúvida por todo o seu rosto.
— Da última vez que você me falou isso, disse que não podia namorar comigo por conta de um contrato. É algo pior?
Cocei a cabeça, olhando pelo quarto. Encontrei uma poltrona, para onde me encaminhei, puxando Paula comigo. Sentei, trazendo-a para o meu colo.
— Se você quiser desistir e fugir, vou entender.
— Finn, você matou alguém? Roubou? Torturou? — Seu tom era sério.
— Não, não é nada disso. Eu só... não sei bem como falar.
— Comece do começo. — Entrelaçou nossos dedos. — Ou diga o assunto principal e vamos debatendo a partir daí.
— É sobre sexo. — Senti seus dedos em minha bochecha, obrigando-me a virar o rosto para o dela. — Não sou lá um cara experiente.
— Do que você está falando exatamente? Você é virgem?
— Não, eu... — Suspirei, tentando me acalmar outra vez. — Já fiz sexo, mas não tenho muita experiência. A primeira vez foi com dezesseis anos, meu tio pagou alguém para tirar minha virgindade. Depois disso, fiquei nervoso e inseguro. Comecei a namorar um ano depois e, quando decidimos transar, foi um pesadelo. Ela sentiu dor, tivemos que parar. Fiquei traumatizado, ela não quis tentar de novo. Eu tinha dezoito anos quando entramos na banda e assinamos aquele contrato. Não fiquei com tantas mulheres desde então, simplesmente para obedecer às ordens deles. Tentei mais umas vezes nos últimos anos, mas estava bêbado em todas elas. Então não, não tenho muita experiência.
— Finn... — Acariciou meu rosto, seus olhos indecifráveis. — Por essa eu não esperava.
— Eu sei. E não quero forçar você a nada. Como eu disse, se quiser desistir e fugir...
— Não, para. — Apertou a minha mão. — Eu quero. A nossa sociedade é tão doida que, se uma mulher tivesse transado menos de dez vezes aos 21 anos, isso seria considerado normal, aceitável. Mas o machismo também atinge os homens, com essa necessidade de que vocês sejam deuses do sexo. O importante é você querer, você se sentir pronto para dar esse passo comigo. Experiência a gente só adquire com a prática. Podemos só deitar e descansar. Não precisamos fazer nada hoje.
— Mas eu quero — afirmei, para que não houvesse dúvida. — O que eu não sabia era se você ia querer. Pode ser que eu faça tudo errado. Não quero que seja ruim para você.

— Ei, sem crise. — Entrelaçou os braços em meu pescoço. — Vamos juntos. O importante é a paciência. A chave é entender o tempo do outro, assim será bom para nós dois.

Assenti em silêncio, engolindo em seco.

— Estou nervoso, mas estou pronto.

Sorrindo, ela concluiu:

— Então me deixe seduzir você.

Levantando-se, ela esticou a mão por trás do vestido e baixou o zíper, deixando-o cair aos seus pés. Esticou o braço em minha direção, para que eu a seguisse, mas eu estava distraído demais com suas curvas e a lingerie preta.

Não havia lugar no mundo onde eu preferisse estar, que não aqui, junto a essa mulher. Perdendo-me em seu corpo, perdendo-me em seu cheiro. Perdendo-me em seu olhar. Encontrando-me no seu amor.

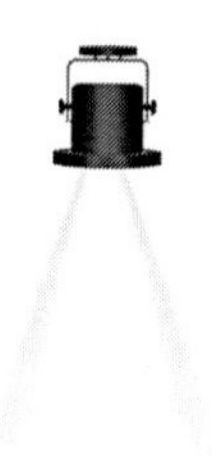

9 de dezembro de 2018.

— Ei, amor. Bom dia.

Beijos salpicados pelo meu rosto me despertaram após a noite mais incrível que tive em tempos.

Porra, eu não queria mais nada na vida.

— Bom dia, coisa linda.

— Desculpe-me por te acordar, mas temos que pegar o voo — justificou, acariciando meu rosto com a ponta dos dedos.

— Quanto tempo temos?

— Vinte minutos. E o café no caminho.

— Ok, me dá um minuto desses vinte. — Segurei seu rosto entre as mãos. — Não sei se deixei claro na noite passada, se pronunciei as palavras, então aqui vai: estou apaixonado por você. — Toquei os lábios nos seus. — Amo você. Quero uma vida ao seu lado. E obrigado por tudo.

— Eu também amo você. — Ela passou os dedos pelo meu cabelo. — E faremos essa vida funcionar.

— Dito isso, vamos levantar. — Beijei seus lábios outra vez, sentando-me na cama.

Ela deixou o chuveiro para mim enquanto arrumava algumas coisas na mala. Quando saí, foi a sua vez. Ficamos prontos com tempo suficiente para descer. Ela digitava algo no celular, enquanto eu abri as mensagens do grupo com meus amigos de banda.

Havia poucas. Duas pedindo que eu mandasse mensagem para um deles assim que pudesse. As outras eram links. Abri um deles, porque sabia que não poderia conversar agora. A manchete era: "Finn Mitchell está apaixonado! Declaração emocionada em show entrega possível relacionamento com cantora brasileira".

No hall, encontramos outros integrantes da equipe dela. Só então pensei em passar no meio de todos os fãs. Porque a manchete daquele site era apenas uma, e todos os outros links também direcionavam para temas parecidos. Afastei-me ligeiramente do grupo e liguei imediatamente para Mase, que era o primeiro da agenda. O nome de Luca vinha antes, mas ele não gostava de falar ao telefone e sempre ficava nervoso. Meu amigo atendeu em segundos.

— Cara... Traduziram seu discurso, e não existe um jornal do Reino Unido que não tenha noticiado. Que loucura — Mase disse, e a ansiedade em suas palavras ultrapassava níveis normais. — Muito bonito o que você falou, por sinal. Owen chorou e tudo.

— Cala a boca, idiota — gritou Owen, de algum lugar próximo.

— Espero que tenha chorado mesmo. Despejei meu coração ali. Enfim, não faz nem meia hora que estou acordado. O que rolou?

— É isso, mano. O nome da Paula saiu em várias matérias, a internet está enlouquecida, e Connor está aqui, puto com cada um de nós. Mas não se preocupe, a gente está se saindo bem. Só que você vai precisar ver um advogado, porque não temos dúvidas de que virão com processo. Temos de ficar espertos. Vamos lutar contra essa parada do contrato, juntos.

— Não vou ferrar vocês quatro. De jeito nenhum.

— Finn, não tem como você ferrar a gente mais do que essa empresa já nos ferrou. Nosso acordo desde o princípio era este: quando chegasse a hora de peitar os caras, faríamos juntos. Você precisa ver um advogado, porque a corda vai arrebentar do seu lado, mas estamos todos nessa.

Paula se aproximou, tocando meu braço. Lola estava em seu colo.

— Temos que ir — sussurrou.

— Mase, preciso desligar. Vou encarar uma multidão agora. Conversamos depois?

— Estamos no aeroporto, vamos embarcar em doze minutos. A gente se fala quando chegarmos em casa.

— Combinado. — Após desligar, virei-me para Paula, que entrelaçou nossos dedos.

— Vou sair aqui pela frente, tá? Mas a Leila vai levar você lá nos fundos, para não aumentar os rumores. Parece que estão falando do discurso, na internet.

— Sim, os caras me mandaram umas matérias.

— Ok. Conversamos na van. Segura a Lola, que a Melina já vem buscar?

Estiquei o braço, pegando-a. Ela selou meus lábios rapidamente, afastando-se. Fiquei alguns segundos congelado, até Leila aparecer. Melina estava junto e perguntou se eu queria deixar a menina com ela, mas eu estava com saudades de segurar a bebezinha. A van de vidros escuros já estava parada nos fundos do hotel, e eu me sentei no último banco. Logo que paramos, vi que as meninas já estavam autografando e tirando *selfies*. Paula foi a primeira a entrar, sentando-se ao meu lado.

Nossas mãos se procuraram, e ela deitou a cabeça no meu ombro. Fechei os olhos, sentindo paz. Apesar de toda situação que eu sabia que viria na minha frente, essa paz era uma certeza. Contrato, processo, distância... Eu resolveria tudo. Mas primeiro... Ser feliz. Eu só quero ser feliz.

Epílogo

Tenho fragmentos de uma vida com você e tantos intervalos só.
De longe, mas querendo crer.
Areia - Sandy e Lucas Lima

18 de dezembro de 2018.

O sol no Rio de Janeiro era uma coisa de outro mundo. Paula me explicou que nessa época do ano a situação fica caótica.

Eu estava vivenciando na pele. Literalmente.

O calor era enorme, e passávamos boa parte do dia dentro de casa, com o ar-condicionado ligado. Do lado de fora ventava um pouco, e a piscina ajudava bastante. Ainda era cedo para Lola ficar na água, então Paula e eu fazíamos revezamento. E era demais para a minha cabeça ver aquela mulher sair da água o tempo todo. Virei um maníaco.

Já estávamos na casa dela há mais de uma semana. Onze dias, na verdade. E o meu desejo era nunca mais sair dali.

Pela manhã, comíamos juntos, cuidávamos da casa, assistíamos à tevê. Depois do almoço, fingíamos trabalhar, eu tinha aulas de português, ficávamos na piscina. À noite, encontrávamos amigos, jantávamos, colocávamos a bebê para dormir. Namorávamos em várias oportunidades do dia inteiro.

Os problemas não me deixaram. Daniel, advogado da Paula, estava trabalhando em conjunto com um amigo na Inglaterra. Eles iriam me defender. Ainda não tinha acontecido nada, mas acreditamos que eles estavam reunindo provas.

Eu não pretendia negar que estava em um relacionamento. Não poderia negar meu motivo de felicidade. Meus advogados estariam prontos para negociar um acordo, não para provar inocência.

— Finn, ela ainda está dormindo?

Encarei a babá eletrônica ao meu lado. Lola estava na soneca da tarde no quarto. Gracinha estava em casa, mas ela não tinha obrigação de vigiar a menina, então ficávamos os dois de olho.

— Sim, apagada.

Sentando-se na minha espreguiçadeira e debruçando-se em meu peito, falou:

— Vamos subir, tomar um banho. Melina chega em uma hora para ficar com Lola, enquanto estivermos na casa da Ester.

— Ela vai mesmo se casar no Natal? — perguntei, tirando seu cabelo do rosto.

— Vai. Espero que você tenha um terno aí.

— Vamos ter que ir ao shopping. Só tenho jeans e camiseta.

— Tem um shopping mais vazio aqui na Barra, podemos ir um dia desta semana, de manhã. — Suspirou. — Isso não vai dar dor de cabeça? Certamente vão nos fotografar.

— Será que não posso ir com Leila? Ou outra pessoa da sua equipe. Talvez eu consiga me esconder melhor.

— Claro, veremos o que fazer. Agora anda, vamos subir e nos vestir.

Fizemos o que ela sugeriu, mais ou menos. Antes de nos vestirmos, eu a despi e fizemos amor no chuveiro. Descobri-me um aluno aplicado, com uma professora excelente.

Melina chegou doze minutos antes de sairmos. Paula dirigiu, o que facilitou. Se precisasse, eu pegava o carro, mas ela conhecia os caminhos e adiantava muito nosso lado.

A noite foi divertida, uma celebração ao relacionamento de Ester e Bruno. Eles ficaram noivos logo depois do nascimento da Lola, e agora faltava bem pouco para o casamento. A festa era uma mistura de noivado com chá de panela. Ao retornarmos para casa, fiquei imaginando ter que deixar tudo aquilo para trás.

Ester e Bruno tinham residência no mesmo país. Ela viajaria com a carreira, mas sempre voltaria para ele. Paula e eu estávamos juntos há pouco tempo, mas eu queria isso também. Queria voltar de turnê para os braços dela. Mas com agendas tão corridas… Seríamos capazes de viver isso algum dia? Seríamos capazes de amar um ao outro, apesar dos milhares de quilômetros?

— Ei, você — Paula chamou minha atenção.

Eu já estava deitado, e ela passava hidratante nas pernas.

— Oi, coisa linda — respondi em português.

— Primeiro, seu sotaque falando português é a coisa mais gostosa que já ouvi. Segundo, o que houve com essa cara fechada aí?

— Estou pensativo, apenas.

— Quer dividir? Nós dois sempre encontramos soluções melhores quando debatemos.

— Acho que isso pode te chatear, e não quero.

— Chatear faz parte. Anda, fala comigo. — Sentou-se na cama, virada para mim.

— É que eu amo você. E hoje vi Bruno e Ester definindo um futuro. — Suspirei. — Sei que você ama a banda, o seu país. Não quero pedir que deixe nada disso. Mas fiquei pensando que um de nós vai ter de ceder para esse relacionamento dar certo.

— Amor, nós dois vamos ceder. Faz parte do relacionamento. E eu também amo você. Não pretendo soltar a sua mão. Está cedo para tomarmos decisões drásticas. Quando for o momento, vamos fazer isso. Escolher um país, seguir carreira solo, mudar de profissão. Não sei. Temos apenas a certeza de que nos amamos. Isso vai bastar.

Suspirei, tentando manter a calma. Preferia ter as coisas decididas, certezas em vez de dúvidas.

Meu coração estava nas mãos daquela mulher. Eu estava pronto para largar tudo, me mudar para o Brasil, virar pai, marido, adotar um cachorro e dirigir uma minivan? Não sei. Talvez. Provavelmente.

Mas estava focado na certeza que ela apontou: nós nos amávamos. E eu iria até o fim do mundo por esse amor.

Agradecimentos

Olá, leitor.

Estamos vivendo um momento de pandemia muito estranho enquanto escrevo estes agradecimentos. E nesse um ano de isolamento social muita coisa passou pela minha cabeça de maneira confusa. Eu passei a ver tudo de forma diferente, até mesmo o entretenimento. Toda vez que vejo uma série ou leio um livro, fico pensando por que os personagens não estão usando máscara, porque estão se tocando ou aglomerando. É uma loucura. Espero que não estejam passando por isso. E espero que os livros tenham o mesmo significado que eles acabaram ganhando para mim hoje em dia: essa missão de acalentar a alma, matar a saudade e renovar a nossa esperança de um mundo onde mais uma vez possamos nos abraçar.

É por isso que esse texto de agradecimento vai somente a você. Que, mesmo aí da sua casa, continua consumindo livros e levando a literatura adiante. Espero que possamos voltar a nos encontrar nas bienais e eventos em breve.

E se você está lendo em um futuro em que a pandemia acabou, espero que a vida já esteja melhor.

A gente se encontra na próxima história.

Beijos,
Carol Dias

Playlist Fica Tudo Bem

Do it - Chloe & Halle
Change your life - Little Mix
I'm ready - Sam Smith feat. Demi Lovato
No tears left to cry - Ariana Grande
Bridges - Fifth Harmony
Lean on - Major Lazer
Let me be the one - Iza feat. Maejor
Peace - Taylor Swift
Fica tudo bem - Silva feat. Anitta
Bliding Lights - The Weeknd
Amor Perfeito - Babado Novo

Ouça no Spotify:

Playlist Bomba-relógio

Um certo alguém - Lulu Santos
Isn't she lovely - Stevie Wonder
Promete – Ana Vilela
Se essa vida fosse um filme - Giulia Be
See You Again - Charlie Puth
Te amar demais - Ludmilla
Basta você me ligar - Os Barões da Pisadinha e Xand Avião
Amor de verão - Giulia Be
Te amar é massa demais - Anavitória
Bomba Relógio - Luísa Sonza e Vitão
Versace on the floor - Bruno Mars
Areia - Sandy e Lucas Lima

Ouça no Spotify:

A The Gift Box é uma editora brasileira, com publicações de autores nacionais e estrangeiros, que surgiu no mercado em janeiro de 2018. Nossos livros estão sempre entre os mais vendidos da Amazon e já receberam diversos destaques em blogs literários e na própria Amazon.

Somos uma empresa jovem, cheia de energia e paixão pela literatura de romance e queremos incentivar cada vez mais a leitura e o crescimento de nossos autores e parceiros.

Acompanhe a The Gift Box nas redes sociais para ficar por dentro de todas as novidades.

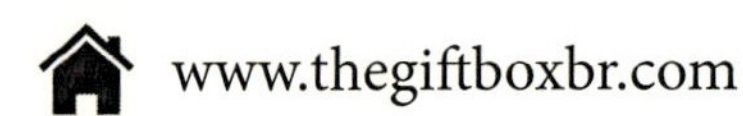

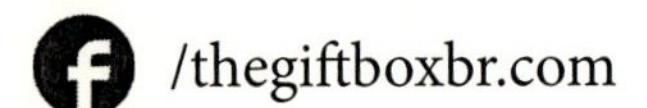

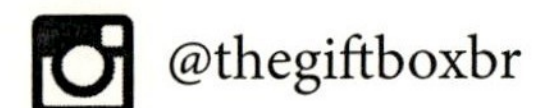

GRL PWR
GRL PWR
GRL PWR
GRL PWR